당신의 사랑은 무슨 색인가요?

전지적
컬러테라피
시점

김규리
서보영
지음

이콘

차례

Red

Pink

Orange

Yellow

Green

Blue

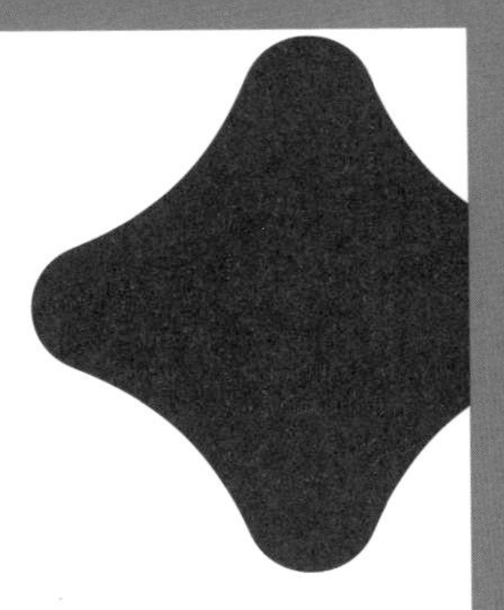

Royal Blue

Violet

Magenta

벚꽃이 만발한 따뜻한 봄날의 설렘처럼 핑크빛 가득한 우리의 사랑이 반짝이기도 하고, 영원할 것 같았던 사랑은 시간이 흐르며 서로의 다름에 부딪히기도 합니다. 우리의 연애가 레드처럼 뜨겁길 바라는 사람과 로열블루처럼 고요하길 바라는 사람, 연인과 늘 함께하고 싶은 레드와 혼자만의 시간이 필요한 로열블루의 사랑이 함께 합니다.

서로 다른 색의 사랑은 균열을 일으키고 상처를 남깁니다. 로열블루의 무심함에 상대방은 사랑을 의심할 수도 있고, 레드의 적극적인 태도는 상대방을 버겁게 만들 수도 있습니다.

로열블루 성향의 사람은 조금씩 나의 시간을 내어주는 연습을 해야 합니다. 레드 성향이 가지고 있는 혼자 있음에 대한 불안을 이해해야 합니다. 반대로 레드 성향의 사람은 충전 시간이 필요한 로열블루 성향을 배려하기 위해 홀로서는 연습을 해야 합니다.

다름을 인정하기에 색은 더 없는 도구입니다. 소통이 없는 균열은 갈등으로 이어지지만, 색으로 상대를 이해하며 시작되는 사랑은 서로를 더욱 깊어지게 만듭니다.

세상에 태어나 눈을 뜨는 순간부터 시선이 닿는 모든 곳에는 색이 있습니다. 삶을 살아가는 시간 동안 항상 함께하기에 우리는 그 소중함을 잊어버리기도 합니다. 하지만 만약 일상에서 색이 사라진다면 어떻게 될까요? 만나지 못하는 평행선처럼 삶은 무미건조하고 단조롭게 느껴질 것입니다. 색은 삶을 다채롭게 만들어줍니다.
우리는 기분이 좋아지고 싶거나 위로받고 싶을 때 좋은 음악을 찾아 듣고, 나의 공간에 놓아 둘 좋은 향기를 구입합니다. 그에 비해 색은 주인공이 되기보다는 어떤 것을 꾸며주는 역할을 합니다. 빨간 사과, 노란색 카디건, 초록색 운동화처럼 그저 다른 것들을 보조합니다. 아무도 색을 통해 치유받는다고 생각하지 못합니다. 늘 함께하기에 그 소중함을 모르고 있는 것은 아닐까요? 색은 이미 모든 곳에서 자연스럽게 우리를 치유하고 있습니다.

이 책에서는 사람이 가진 감정 중 가장 미묘하면서도 특별한, 사랑이라는 감정을 각각의 색 이야기로 담아내고 있습니다.

우리 주변에서 흔히 경험할 수 있는 다양한 사랑의 사례들을 컬러테라피의 시선으로 해석하고, 그 치유법을 가이드합니다. 나를 알아가고 치유하는 컬러테라피 프로그램을 통해 우리는 왜 서로 다른 사랑을 원하는지 원인을 찾아 쉽게 이해할 수 있고, 일상에서 활용되는 색의 심리적 의미와 여러 가지 사례들을 보며 나는 어떤 색으로 사랑을 하고 있는지, 어떤 치유가 필요한지 알 수 있습니다.

이 책을 읽은 후, 나의 연인을 바라보는 당신의 시선은 따뜻하고 반짝이게 될 것입니다. 사랑하는 연인을 이해하고 나를 이해하여 더욱더 아름다운 사랑을 만들어 가길 바랍니다.

컬러테라피란?

삶은 색으로 가득하다. 푸른 하늘과 바다, 초록빛의 숲과 나무, 빨간 사과와 장미처럼 우리 주변은 늘 색으로 둘러싸여 있다.

하지만 색은 그저 눈으로만 보는 것이 아니다. 색에서 감정을 느끼고 치유를 받는다. 핑크색 벚꽃이 활짝 피면 연인들은 유명한 벚꽃길을 거닌다. 벚꽃이 주는 핑크 에너지는 연인들에게 로맨틱함을 선물하고, 사랑을 기다리는 사람들에게는 설렘을 주기 때문이다.

컬러테라피는 색이 가진 에너지와 특성을 이용해 몸과 마음을 치유하는 것을 말한다. 각각의 색은 서로 다른 에너지와 성질을 가지고 있으며, 이를 활용해 스트레스를 완화하고 심신을 치유한다. 컬러테라피는 신체는 물론 우리의 감정과 사고, 영혼의 빛까지 정화시켜준다.

우리의 일상은 항상 색으로 치유되고 있다. 오늘 아침 내가 어떤 옷을 입고, 어떤 구두를 신었는지, 점심에는 무엇을 먹었는지 생각해 보자. 패션, 음식, 보석, 공간 등 다양한 곳에서 색으로 치유받고 있을 것이다.

빛에 의한 시각으로 시작되는 색채감각

어둠 속에서는 아무것도 보이지 않는다. 희미한 빛조차 없는 캄캄한 곳에 홀로 서 있다고 상상해 보자. 앞으로 한 발짝도 나아가지 못한 채, 불안과 두려움에 빠져 버릴 것이다.

우리는 빛이 있는 곳에서는 눈을 통해 외부를 본다. 이 외부 환경은 수정체와 망막을 거쳐 뇌의 후두엽으로 전달되는데, 이때 외부 물체와 공간에 대한 정보를 얻게 된다. 이처럼 시각은 외부 환경의 정보를 받아들이고 해석하는 능력을 말한다. 또한 인간의 감각 중 80% 이상을 차지하고 있으며, 다섯 가지 감각기관 중 가장 빠르게 반응한다.

색은 시각을 통해 지각된다. 눈으로 빛의 파장을 느끼고, 이를 색으로 구별하는 감각을 색채 감각이라 한다. 물체는 빛을 받으면 흡수하거나 반사하여 고유의 색을 나타낸다. 우리 눈에 보이는 색은 가시광선의 영역에 있고, 인간은 눈을 통해 약 160가지의 색을 구별할 수 있다.

색과 파장

하늘은 왜 파란색일까? 하늘이 파란색으로 보이는 이유는 빛의 산란 때문이다.
빛의 산란이란 태양빛이 공기 중의 산소나 질소, 먼지, 수증기 등 미세 입자들과 부딪힐 때 사방으로 재방출되는 현상을 말한다. 산란은 장파장인 빨간색, 주황색 같은 붉은 계열보다 단파장인 파란색, 보라색처럼 푸를수록 더욱 잘 일어나 하늘이 푸른빛으로 보이게 된다. 다만, 파란색보다 더 단파장인 보라색이 안 보이는 이유는 우리 눈은 파란색에 민감하게 반응하고 보라색은 산란으로 대부분 사라져 버리기 때문이다.

가시광선은 전자기파 중 사람 눈에 보이는 범위의 파장을 말한다. 파장은 파동의 물결 주기가 가진 길이고, 파동은 에너지의 흔들림으로 인해 다른 곳으로 전달되는 현상이다. 사람은 대략 380~780mm 범위의 파장을 가진 전자기파가 지각된다. 파장의 길이에 따른 변화는 각기 다른 색으로 나타난다. 장파장인 빨간색부터 단파장인 보라색까지 각각의 색들이 가진 에너지의 움직임이 다르기 때문에 우리는 여러 가지 색을 눈으로 인식할 수 있다.
이처럼 색은 빛의 에너지에서 시작된다. 단순히 색으로만 인식되었던 것이 사실은 빛의 에너지였던 것이다.

컬러테라피와 일상에서의 활용

컬러테라피는 마음과 정신, 신체의 건강을 과학적이고 안전하게 치유하는 자연 요법이다. 신체 밸런스의 조율과 유지를 위해 색으로 건강을 관리하고, 마음과 정신의 스트레스를 다스려 심리적 안정감과 긍정적인 사고를 유지할 수 있게 도움받고 있다. 컬러테라피는 현대인들의 다양한 문제들을 일상에서 쉽고 자연스럽게 치유할 수 있는 장점을 가지고 있다.

생활패턴이 빠르고 복잡해지면서 불면을 경험하는 사람들이 많아지고 있다. 할 일이 많거나 생각이 복잡할 때 우리는 잠을 이루기가 힘들다. 몸과 정신 그리고 감정이 연결되어 있기 때문이다. 그럴 땐 생각을 비워내고 운동으로 몸을 가볍게 만들며 스트레스를 조절하고, 숙면을 취할 수 있는 침실 환경을 만들어볼 수 있다. 레드 계열의 조명으로 방안의 분위기를 포근하게 만들고, 바이올렛 톤의 침구로 머릿속 생각을 차분하게 만드는 것이다.

사람들은 피곤하거나 스트레스가 많을 때 빨간 고춧가루가 들어간 매운 음식을 찾는다. 떡볶이, 마라탕, 낙지볶음과 같은 매운 음식을 먹으면 땀이 나고 힘이 나는 기분이 들기 때문이다. 또한 빨간 음식들은 시각적인 자극도 준다. 활력과 에너지를 상징하는 레드는 소모된 에너지를 채워주고 화를 분출시키는 데 도움이 된다. 열정적으로 살아가는 한국 사람들이 다양한 빨간 음식을 좋아하는 것도 이러한 이유가 있을 것이다.

옷장 문을 열었을 때 어떤 색의 옷이 많은 지 확인해 보자. 사적인 자리에서 화려한 색을 자주 입는 사람들도 출근을 할 때는 짙고 푸른 계열 위주로 선택한다. 블루 계열의 옷은 감정을 차분하게 만들어주고 업무 집중력과 신뢰도를 높여주기 때문이다.
이렇듯 컬러테라피는 우리 일상과 밀접하게 연관되어 있다. 그날의 기분에 따라 끌리는 색을 이용하거나, 특별한 이벤트 때에도 어울리는 색을 활용하면 좋다.

컬러테라피스트

컬러테라피스트는 무엇을 하는 사람일까? 바로 색을 이용해 마음을 치유해 주는 사람이다. 사람들은 누구나 인간관계에서 답답함을 느끼고, 잘 다니던 직장을 그만두고 싶다는 생각이 들 때가 있다. 또 주변 사람 모두가 나를 싫어한다는 생각이 들거나, 갑자기 숨이 안 쉬어지고 죽을 것 같은 고통이 느껴질 때도 있다. 이때 우리는 색의 도움을 받아 상처받은 몸과 마음을 치유받을 수 있다. 컬러테라피스트는 이러한 회복의 과정을 도와주는 사람들이다.

아직 잘 모르는 사람들을 위해 실제로 컬러테라피 상담을 하면서 만났던 사람들의 사례를 색으로 분류하였다. 이제부터 시작될 이야기는 색이 주는 심리에 중점을 두어 일부 각색하였고, 등장인물은 모두 가명을 사용하였다.

Red

컬러테라피로 보는
사랑의 심리학 첫 번째 색,
레드

정열, 사랑, 돈, 성공, 행동, 본능

생각보다 행동이 먼저다. 앉아서 머리를 쓰는 정신적인 업무보다 활동을 하는 육체적인 업무가 더 뛰어나다. 바깥으로 에너지를 분출하는 외향형으로 물질적인 성공을 지향한다. 이들은 삶에 대한 애착이 강하고 본능에 충실하다. 즉흥적이고 도전적인 특성을 보인다.

레드의 강점 _ 적극성, 추진력, 행동력

행동력과 추진력이 강해서 목표가 생기면 빠르고 힘 있게 도전한다. 감정 표현을 잘하고 연인에게 스킨십이나 선물을 자주 한다. 성취욕구가 강해 자신이 원하는 것은 끝까지 해내며 남들이 하기 어려운 일을 도맡아 하는 리더십이 있다.

레드의 약점 _ 성급함, 지친, 과한 욕심

성취욕구가 지나치면 주변을 살피지 못하고 속도 조절이나 감정 조절에 실패하는 경우가 생긴다. 쉬지 않고 열심히 일만 하다 보면 피해의식에 사로잡혀 타인을 탓할 수 있고, 과한 육체활동으로 지쳐서 무기력감에 빠질 수도 있다. 사랑 표현을 일방적으로 많이 하게 되면 집착으로 바뀔 수 있으니 주의해야 한다.

상담#1

여사친은 절대 안돼

남자친구 정환과 함께 상담실을 찾은 희수는 정환을 대신해 이야기를 시작했다.

“저는 남자친구에게 여사친이 있는 것을 절대 이해할 수가 없어요. 근데 남자친구는 이러는 제가 오히려 이해 안 간대요. 여자친구가 여사친이 싫다는데 안 만나면 되는 거 아닌가요? 여사친 만날 시간에 저를 만나면 되죠. 우리는 사랑하는 사이니까 시간 나면 늘 함께 해야 한다고 생각하는데 남자친구는 저와 생각이 달라요”

한껏 격양된 희수가 말을 마치자, 차분한 목소리로 정환이 이야기를 시작했다.

의상 디자인과를 졸업한 정환은 학과 특성상 자연스레 여자친구들이 많았고 가장 친한 친구도 여자였다. 오랜 시간 그 친구와 고민을 나눴고, 여사친에게는 남자친구도 있어서 정환은 늘 편하게 그 친구를 만났다. 하지만 정환이 여자친구가 생기면서 친구와의 만남은 뜸해졌다. 거의 매일 저녁 희수와 함께 식사를 했고, 주말에는 당연히 희수와 데이트를 했기 때문에 친구들을 만날 시간이 없었다.
오랜만에 여사친을 만나기로 한 정환은 희수에게 전화로 이야기를 꺼냈다.
“토요일은 친구 만나기로 해서 우리 데이트는 일요일에 하자”
“주말인데 친구를 만나? 누군데? 누굴 만나?”
“대학 동기, 제일 친한 친구인데 너무 바빠서 거의 1년만에 보는 거야”
“혹시 그 친구가 여자야?”
“어, 대학동기 한서윤, 여자야”
정환의 대답을 듣자 희수는 폭발하듯 화를 내기 시작했다. 언제 어떻게 다른 마음이 생길지 아무도 모르니 정환이 여사친을 만나는 것은 절대 허락할 수 없다는 것이었다. 정환은 여사친도 남자친구가 있으며 대학 때부터 8년간 친구 사이일 뿐, 둘 다 이성으로 바라본 적이 단 한 번도 없다고 거듭 설명했다. 그러나 희수는 완고했고, 급기야 여사친과 자신 중 한 명을 선택하라고 했다. 정환은 어쩔 수 없이 약속을 취소하고 희수와 데이트를 하기로 했다.
다음 날, 희수는 약속 장소에서 기다리던 정환을 보고 한달음에 달려와 안겼다. 아직 속상한 마음이 남아있었던 정환은 약간의 어색함이 묻어났지만, 희수는 언제 그랬냐는 듯 손도 꼭 잡았다. 정환이 넌지시 희수에게 말을 건넸다.
“여사친 안 만나니까 좋아? 걱정할 일 없다는데 뭘 그렇게 걱정해. 너도 남사친 없는 거지?”
“난 남사친 있지. 그런데 내가 잘 컨트롤할 수 있어서 괜찮지만, 넌 안 돼. 그리고 우리는 사랑하는 사이니까 밥도 맨날 같이 먹고 손도 꼭 잡고 항상 붙어 있어야 돼”
정환은 할 말을 잃었다. 왜 희수는 남사친을 만나도 되고, 자신은 여사친을 만나면 안 되는 것일까?

희수는 평소에 남자친구 정환을 잘 챙겨주고, 다정다감하다. 마음이 따뜻하고 사랑스러운 성향이다. 또한 업무가 끝나면 대부분의 시간을 정환과 보내며, 사랑하는 사람과 함께 하는 시간을 늘 중요하게 생각한다. 정환이 여사친을 만날 것이라고 하자, 싫다는 표현도 거침없이 한다. 이러한 희수의 성향은 레드와 일치한다. 하지만 희수와 다른 성향인 정환은 함께 보내야만 하는 시간이 점점 부담스러울 수 있다.

누구에게나 각자의 삶이 있다. 희수는 지금도 충분하다는 것을 알아야 한다. 이미 갖고 있는 것과 누리고 있는 것들을 떠올려보고 감사함을 느끼는 시간이 필요하다. 남자친구와 함께 보내는 시간에만 집착하기보다, 혼자서도 있어 보거나 친구와 약속을 잡아 보는 것이 좋다. 남자친구는 내 소유물이 아니며, 원하는 대로 만들어 갈 수 없다는 것을 알아야 한다. '나는 지금도 충분히 행복하다' '나는 주변 사랑을 듬뿍 받는 사람이다'라고 되뇌며 만족감과 행복감을 키워보자.

상담#2

돈이 최고야

30대 중반 평범한 회사원인 하진은 수호와의 관계에서 최근 불안함을 느낀다. 수호는 스무 살이 되자마자 카페 알바를 시작했고, 그 누구보다 열심히 일한 결과 30대에 자신의 식당을 가지게 되었다.

가정 형편이 넉넉하지 않았던 수호는 빨리 돈을 벌어 안정된 삶을 살고 싶었고, 하진은 아무것도 없던 시기부터 옆을 지켜준 고마운 사람이었다. 다양한 사회경험을 하고 열심히 살았던 덕분인지 사업은 점점 안정되고 많은 돈을 벌 수 있게 되었다. 하진은 수호가 그동안 겪어온 어려움을 잘 알고 있기에 함께 기뻐하고 축하해 주었다. 그런데 사업이 어느 정도 자리를 잡아가자 처음 만났을 때 순수하고 열정 많았던 수호의 모습이 점점 변해가기 시작했다.

떡볶이만 먹어도 행복했던 데이트는 고급 호텔 요리로 바뀌었고, 버스 타고 먼 거리를 돌아가도 재밌던 길은 슈퍼카가 대신하게 되었다. 작은 실반지로 축하했던 기념일은 명품관의 비싼 가방으로 바뀌었고, 서로의 얼굴을 보며 마무리했던 하루는 쉴 틈 없이 바쁜 날들로 정작 하진을 만날 시간이 없어졌다. 어렵게 시간을 맞춰 데이트를 해도 연신 전화벨이 울리고 사업 이야기만 늘어놓는 수호의 모습에 하진은 어렵게 이야기를 꺼냈다.

"돈을 많이 벌기 위해 열심히 일하는 것도 중요하지만, 안정적인 것도 중요해. 일은 천천히 다져가면서 확장하고, 몸도 좀 보살피고, 나랑도 다시 예전처럼 알콩달콩 지내자. 난 명품 백, 다이아몬드 반지 안 필요해. 그건 돈 있으면 언제든지 살 수 있어" 하진의 말에 수호는 "네가 나만큼 어렵게 안 살아봐서 그래. 없어 보이면 남들이 무시해. 좋은 옷 입고, 좋은 차 타고, 비싼 시계 차면 다들 나 무시 못 하더라. 그러니까 더 크게 확장하고 빨리 돈도 많이 벌어야 해. 나를 위해 일하는 게 아니라 우리를 위해서 일하고 있어. 예전처럼 떡볶이나 먹고 버스 타며 돌아다니고 싶지 않아!"

격양된 모습으로 받아치는 수호가 위태롭게 보였다. 왜 수호는 남들의 시선을 지나치게 의식하고 무엇을 위해 성공에 집착하는 것일까?

수호는 돈을 벌기 시작하면서 값비싼 물건들을 구입하고, 힘든 시절부터 함께한 하진에게도 고가의 선물을 준다. 과거 어려웠던 시기의 보상으로 자신을 화려하게 꾸미는 것이다. 이러한 성향은 레드의 물질적인 성공과 일치한다. 하지만 데이트를 하는 시간보다 일에 집중하는 시간이 지나치게 많아지면 문제가 된다. 또한, 현재에 만족하지 못하고 더 많은 부를 쌓으려고 하면 사랑하는 사람과 소중한 것들도 잃을 수 있다.

수호는 내면의 풍족과 안정이 필요한 상태다. 과거에 비해 현재 내가 이루어 놓은 것이 얼마나 많은지 돌아봐야 한다. 열심히 달려온 스스로에게 '애썼어' '이제 좀 누려도 돼' 라고 말하며 달콤한 휴식과 여유를 즐겨보자.

상담#3

5년을 기다린 뜨거운 사랑

이경과 유진은 대학 선후배로, 이경이 신입생으로 들어왔을 때 처음 만났다. 운동도 잘하고 훤칠한 키에 다부진 외모의 이경은 입학과 동시에 인기가 많았다.

유진은 후배들에게 편안하고 다정한 선배였다. 그 모습에 이경은 첫눈에 반했고, 같은 수업을 듣거나 점심을 먹기 위해 늘 유진의 곁을 맴돌았다.

"선배, 선배는 저를 어떻게 생각해요? 저 같은 사람하고 연애하면 어떨 것 같아요?"

"무슨 소리야! 넌 귀여운 동생이지. 그리고 난 전에 만났던 사람이 너무 힘들게 해서 앞으로 연애도, 결혼도 안 하고 살 거야"

"난 그런 놈들과 달라요. 선배 마음고생 안 시키고 엄청 사랑해 줄 수 있어요, 나 같은 사람 못 만나요. 계속 기다리고 있을 테니까 생각해 봐요. 난 선배와 연애하고 싶어요"

"그래도 넌 아니야"

유진의 이런 답에도 이경은 늘 옆에 있었고, 모든 것을 함께 하고자 했다. 수업 때도, 학생식당에도 어떻게 알았는지 항상 그곳에 있었다. 이경이 고백한 적도 있지만 재밌고 친한 후배로 선을 그었다. 그러나 어느 순간부터 어디에 있든 늘 옆에 나타나는 이경이 부담스러워지기 시작했다.
"나한테 너무 애쓰지 마, 난 연애 안 해. 그리고 지금은 취업 준비하느라 바빠. 네 마음은 고맙지만 너무 부담스러워"
유진의 거절에도 불구하고 이경의 마음은 점점 더 뜨거워졌다. 유진에게 일어나는 일을 모두 알고 있었고, 친구처럼 시간을 보내며 곁을 맴돌았다. 그렇게 5년간 모든 소개팅도 마다하고 항상 옆에 있었다.
하지만 끈질긴 이경의 모습에 유진은 점점 지쳐갔다. 취업하고 회사일이 바쁘다는 핑계로 멀리하기 시작했다. 그럼에도 이경은 매일 아침 안부 메시지를 보냈고, 유진은 반응하지 않았다.
그러던 어느 날 유진은 눈길에 미끄러져 다리를 다쳤다. 병원에 가려고 친구에게 연락했지만 전화를 받지 않았다. 한참을 고민하다 이경에게 전화를 걸었고 통화연결음이 울리자마자 바로 목소리가 들려왔다.
"선배, 무슨 일 있어요?" 상황을 듣자마자 달려온 이경은 깁스를 한 유진을 위해 출퇴근길을 매일 데려다주고 보살펴주었다. 그렇게 둘은 함께 하기 시작했고 결혼까지 하게 되었다.
무뚝뚝한 유진과 해바라기 같은 이경의 모습은 결혼해도 변하지 않았다. 퇴근 후 함께 마트에 가서 장을 보고, 와인을 마시며 소파에 딱 붙어 앉아 영화를 보는 것이 이경 삶의 행복이었다. 하지만 유진은 매일 이렇게 지내는 것이 힘들어지기 시작했다. 친구들도 만나고 싶고 개인적인 시간도 필요했다.
"학교 다닐 때도, 연애할 때도 너는 어디든 함께 하길 바라는데 나도 내 인생이 있어. 이제는 결혼도 했고 우리는 평생 함께 할 테니까 각자의 시간을 인정해 주자"
"너랑 모든 걸 함께 하려고 결혼했어. 나는 너밖에 없고, 너와 노는 게 제일 행복해. 근데 왜 우리가 따로 있어야 하는 거야? 그리고 네가 표현을 안 하니까 나를 사랑하는지 잘 모르겠어. 나는 늘 사랑한다고 말하는데 너는 왜 사랑한다고 안 해?"
처음 본 순간부터 결혼한 지금까지 이경은 유진밖에 보이지 않는다. 어떻게 그 긴 시간을 유진만 바라보고 매일 함께 하길 원하는 것일까?

다정다감하고 든든한 이경은 추진력이 강하고 열정적인 사람이다. 목표가 생기면 끝까지 쟁취하려는 욕구를 지니고 있다. 첫눈에 반한 유진의 마음을 얻기 위해 5년을 기다린 것도, 뜨거운 레드의 에너자이저 성향 때문이다. 다른 사람들은 한두 번 거절당하면 포기하지만 이경은 목표가 있다면 끝까지 이루어 내고야 만다. 하지만 원하는 상대로부터 거절당하면 서로에게 큰 부담과 상처를 입히게 될 수 있고, 어렵게 얻은 것을 잃게 될까 봐 불안해하는 행동들이 결국 집착으로 이어질 수 있다.

이경에게는 내려놓는 마음이 필요하다. 내가 사랑하는 만큼 유진도 나를 사랑해야 한다는 욕심을 버려야 한다. 같은 공간에 있지 않더라도 존재 자체를 인정하고 사랑하는 마음을 느껴보자. '따로 있어도 괜찮아' '잠시 혼자 시간을 보내도 돼'라고 스스로를 다독이자. 멀리 있어도 사랑이 변하지 않는다는 것을 기억하자.

레드의 비하인드 스토리

레드는 뜨겁게 타오르는 불꽃처럼 열정과 에너지, 그리고 사랑을 상징한다. 현실에서 목표를 이루기 위해 늘 최선을 다하며, 성공을 향해 달려가는 힘이 필요할 때 사용된다. 가슴속 사랑이 가득해서 그 사랑을 주변 사람들에게 거침없이 표현하기도 하고 함께 아우르고 이끌어 나가는 에너지도 가지고 있다.

태초의 색, 레드

인류가 시작되었을 때 색은 어떤 의미로 존재했을까? 스페인 북부에서 발견된 기원전 35,000년 알타미라 동굴 벽화에 그 답이 있다. 이 벽화의 멧돼지와 사슴은 붉은색을 내는 황토와 적철석을 사용하여 그렸고, 명암 표현까지 되어있어 구석기 시대의 동굴 예술이라 불린다.
기원전 생명체가 살아있다는 표시로 벽화에 붉은색을 칠한 것은, 현재 색의 심리학에서 레드가 생존을 상징하며 인간이 살기 위한 가장 원초적인 본능을 나타내고 있다는 것과 연결된다.
또한 종교의식이나 무덤에도 붉은 안료를 사용하였는데, 이는 붉은색이 악령을 쫓아낸다고 믿었기 때문이다. 붉은색이 부정을 정화한다는 이야기가 그 당시에도 존재했다는 것을 알 수 있다. 한국의 오래된 관습인 붉은 팥을 뿌리는 것도 같은 맥락이다.

중국의 결혼식은 온통 빨간색

결혼식을 생각하면 새하얀 웨딩드레스가 가장 먼저 떠오른다. 그러나 중국의 결혼식은 일반적인 모습과는 사뭇 다르게 온통 빨간색이다.

신랑 신부는 검은 턱시도와 흰색드레스 대신 빨간색 전통의상을 입는다. 신랑은 빨간색 자동차로 신부를 맞이하러 가고, 결혼식장은 바닥의 카펫부터 테이블보, 조명까지 빨간색으로 화려하게 꾸민다. 청첩장은 물론이고 축의금 봉투, 답례품 포장까지도 빨간색이다. 심지어 첫날밤을 치르는 침실의 모습도 빨갛다. 결혼식장뿐만 아니라 주변의 맨홀 뚜껑까지 모두 빨간 딱지를 붙인다.

중국인들에게 빨간색은 '부'와 '행운'을 상징하며, 부정을 방지한다고 여긴다. 새로운 출발을 하는 신랑 신부를 축복하고 나쁜 기운을 막기 위해 결혼식 전체가 빨간색으로 덮이는 것이다.

모두가 설레는 날 크리스마스

전 세계 사람 모두가 가장 설레는 날은 아마도 12월 25일 크리스마스일 것이다. 이 크리스마스를 상징하는 색은 빨간색이다. 트리에는 빨간 구슬을 달아 장식하고, 빨간색 커다란 양말을 걸어 놓는다. 산타 할아버지는 빨간색 옷을 입고 반짝이는 빨간 코를 가진 루돌프를 타고 굴뚝을 내려와, 빨갛고 커다란 선물 주머니에서 아이들을 위한 선물을 꺼내 빨간 양말에 넣어 놓는다.

크리스마스에는 온 가족이 함께 모여 사랑하는 마음을 표현한다. 빨간색으로 가족의 사랑과 안정감을 느낄 수 있다.

크리스마스 문화는 성 니콜라우스를 기리는 의미에서 시작되었다. 고대 리키아의 니콜라우스 주교는 아무도 모르게 양말이나 장화에 동전을 넣어 어려운 아이들과 약자들을 도와주는 선행을 많이 베풀었다. 그의 선행을 기념해 가난한 아이들에게 선물을 나눠주던 축일 행사가 바로 크리스마스의 기원이다.

Pink

컬러테라피로 보는 사랑의 심리학 두 번째 색, 핑크

조건 없는 사랑, 양육, 수용, 용서, 부드러움

부드러운 사랑 표현을 선호한다. 예쁘고 아기자기하게 꾸미는 것을 좋아하고 낭만을 즐긴다. 있는 그대로를 수용하고 용서하는 힘을 지니고 있고, 지금도 충분하다고 느끼게 하는 행복감을 선사해 준다.

핑크의 강점 _ 인정, 낭만, 친절, 보살핌, 매력

친절하고 인정이 많아 가족이나 지인들을 잘 보살핀다. 연인에게 로맨틱한 사랑 표현을 잘하며, 꼼꼼하게 챙겨준다. 함께 있으면 마음이 따뜻해지고 달콤함과 사랑스러운 느낌을 준다.

핑크의 약점 _ 외로움, 의존성

사랑하는 마음이 지나치게 커지면 상대방이 자신에게만 모든 관심을 쏟길 바란다. 연인의 사랑을 독차지하려는 집착이 생기고, 사소한 것도 혼자서는 하지 못한 채 모든 것을 의존하게 될 수도 있다. 외롭거나 쓸쓸한 기분이 들 때 화려한 치장이나 과소비로 공허한 마음을 채우려는 성향이 나타난다.

상담#1

그래도 나 사랑해 줄 거지?

새하얀 침구와 해운대가 보이는 스위트룸에서 태이는 아침을 맞았다. 가은보다 먼저 준비하기 위해 어젯밤 잠을 설쳤다. 눈 뜨자마자 샤워를 하고, 풀 메이크업에 머리까지 했다. 가은이 깰까 봐 최대한 조심하며 한껏 꾸민 모습으로 준비를 마쳤다. 잠시 후 가은이 일어났다.

"잘 잤어? 벌써 준비 다 한 거야? 아, 조식 먹으러 내려가기엔 시간이 애매하네. 일찍 일어났으면 좀 깨우지. 어쩔 수 없다. 라운지로 가서 가볍게 커피나 마시자"

"곤히 자길래 못 깨웠어. 미안해"

가은과 태이는 부산에서 여름휴가를 같이 보내기로 했다. 이번 여행의 모든 계획과 경비는 가은이 준비했다. 이제 막 연애를 시작한 둘이 처음으로 같이 가는 여행이었다. 아직은 서로를 알아가는 단계라 태이는 모든 것이 조심스러웠다. 그래도 그전에는 가보지 못했던 5성급 호텔과 럭셔리한 여행 계획에 마음이 들떠 있었다.

"가자" 가은이 트레이닝복에 슬리퍼를 신으며 말했다.
"준비 다 한 거야? 그렇게 입고 가도 돼?"
"다 했어. 누가 촌스럽게 호텔 조식 라운지 가는데 꾸미고 가니? 편하게 가는 거지. 너 머리 풀었네?"
"응. 어제 머리 풀었더니 괜찮다고 해서. 왜? 이상해? 그전이 나은가?"
태이는 어색한 미소를 지으며 대답 없는 가은을 따라나섰다. 작은 라운지에는 손님이 많지 않고 조용했다. 둘은 커피를 내리고 약간의 과일과 간식을 담았다. 자리에 앉자 가은은 의자에 삐딱하게 기댄 채 태이를 빤히 쳐다보았다. 그러고는 피식하고 쓴웃음을 지었다. 그 모습을 본 태이가 부드러운 목소리로 물었다.
"왜? 왜 나를 그렇게 봐? 내가 뭐 잘못한 거 있나?"
"너, 전에 만났던 사람이 다 해주는 스타일이었지?"
당황한 태이가 대답했다.
"나? 내가? 어? 그랬나? 음… 걔가 다정하긴 했지. 왜?"
가은은 다리를 꼬고 턱에 손을 괴며 말을 이었다.
"응, 네가 하는 행동을 보니 그래 보여, 너는 독립적이지 않은 사람인 것 같아"
가은의 말에 태이의 얼굴은 달아올랐다. 동그랗게 눈을 뜬 채 잠시 생각해 보았다. 그런 모습에 가은은 웃으며 빤히 바라보았다. 태이가 대답했다.

"그럴 수도 있지만, 헤어지고 혼자 살면서 여러 가지 일들을 나 혼자 하는 것 같은데?"
"그런 게 독립적인 게 아냐, 스스로 자립을 해야 하는데 넌 그게 없어. 내가 전에 만났던 사람은 너와 달랐어. 어디를 가든 무엇이든 혼자 척척 알아서 했지. 근데 넌 그런 모습이 전혀 없어 보여. 여기 라운지 들어왔을 때에도 내가 다 해주길 바라는 눈빛이더라"
이후에도 가은의 평가는 계속되었다. 낮은 목소리로 조목조목 말하는 모습은 마치 선생님이 학생을 혼내는 듯한 모습이었다. 한참을 듣고 있던 태이는 우물쭈물 어쩔 줄 몰라 하며 입을 열었다.
"그래도 나 사랑해 줄 거지? 그래도 내가 좋은 거지?"
왜 태이는 가은의 거침없고 무례한 지적에도 이런 말을 하는 것일까?

태이는 마치 사랑스러운 어린아이 같다. 조용하고 부드러운 목소리로 가은에게 늘 사랑을 가득 담아 이야기한다. 행동에서도 매번 상대방을 배려하고, 의견도 잘 따르는 편이다. 이런 스타일의 모습이 좋다고 하면, 기억해 두었다가 그 모습으로 꾸민다. 태이의 성향은 핑크 에너지와 연결된다.

핑크는 사랑의 색이다. 로맨틱하고 낭만적인 사랑을 꿈꾸며 살아간다. 하지만 사랑받지 못할까 봐 늘 두려워하고, 본연의 모습을 잃은 채 상대가 원하는 모습으로 꾸미며 관계를 이어 나간다. 그리고 그 사랑을 끊임없이 확인하고 싶어 한다.

태이는 자신이 현재 충분히 사랑스럽다는 사실을 인지해야 한다. 연인이 바라는 모습으로 맞추려고 하기보다 '나는 충분히 사랑스러워' '나는 지금 내 모습을 사랑해'라고 말하며 스스로를 사랑해 주자. 연인 외의 다른 인간관계에서 나만의 매력을 찾아보자. 더 이상 사랑받기 위해 애쓸 필요 없이 자연스럽게 행동하게 될 것이다.

상담#2

당신은 혼자 살아갈 수 있나요?

“의주야, 네가 좋아하는 연어 여기 있다. 내가 앞접시에 놓아 줄게”
“의주야, 이거 무거우니까 내가 들어 줄게”
“의주야, 너 이런 관광여행은 힘드니까 휴양지로 간다고 해”
의주의 파트너 은수는 다정하고 자상하다. 옷매무새를 고쳐 주기도 하고 늘 가방을 들어준다. 무엇을 좋아하고 무엇을 싫어하는지 다 알고 있다. 의주가 필요한 물건이 있어서 두리번거리면 어느새 그 물건을 찾아 들고 온다. 집안일도 마찬가지다. 청소기와 빨래는 무겁고 힘쓰는 일이라며 은수가 한다. 집 고치는 일이나 수리를 맡기는 일도 당연하다. 마치 의주의 그림자처럼 사소한 일부터 큰일까지 늘 은수가 나선다.
의주는 이런 파트너와 늘 함께 다닌다. 친구들과 만나는 자리에서도 함께하는 경우가 많다. 10년 동안 한결같은 두 사람의 모습에 다들 부러워한다.
항상 같이 다니다 보니 은수는 의주의 친구들과도 잘 지낸다. 심지어 여행에도 유일하게 참석하는 파트너다. 마치 보디가드처럼 성가신 일들도 도맡아서 친구들까지 함께 챙겨준다. 친구들은 이런 은수의 모습을 처음에는 좋아했다. 그러나 이런 여행이 반복될수록 조금씩 불편함을 느끼기 시작했다.
그러던 어느 날 새로운 여행 계획을 세우기 위해 모였다. 의주는 어김없이 은수와 함께 약속 장소에 나왔다. 친구들은 어색한 미소를 지으며 인사를 건넸다.
"아 은수 씨 왔네. 요즘 별로 안 바쁜가 봐요"
가시 돋친 말에도 은수와 의주는 차를 마시며 미소만 짓고 있었다. 여행을 계획하며 각자 의견을 말하기 시작했지만, 의주는 조용히 있었다. 늘 이런 식으로 조용히 고개만 끄덕이는 의주에게 친구들은 짜증 섞인 목소리로 물었다.
"너 이날 갈 수 있어? 아니 은수 씨 이날 가능해요? 다른 스케줄 없어요?"
"누구에게 물어봐야 하는 건지…"
"이번에도 은수 씨 같이 가야 하는 건가?"
"의주야, 너도 좀 말해봐. 넌 어떻게 하고 싶은 거니?"
"내 친구가 의주인지 은수 씨인지를 모르겠네"
친구들의 질문에 의주는 살포시 웃으며 대답했다.

"난 잘 모르겠네. 은수랑 일단 얘기를 해봐야 할 것 같아"
왜 의주는 자신의 여행인데 사소한 일조차 스스로 결정하지 못하는 것일까?

의주는 은수 옆에서 한없이 약하고 작은 존재로 바뀐다. 사소한 것도 허락을 받고 혼자서는 아무런 결정도 하지 못한 채 파트너에게 모든 것을 의존한다. 이러한 유형은 핑크의 에너지와 일치한다.

핑크는 사랑스러움을 상징한다. 주변인들에게 사랑 표현을 잘하며 여리고 부드러운 성향을 보인다. 주변에서 보살피고 챙겨 주게끔 만든다. 하지만 이러한 행동이 반복되다 보면 혼자서 할 수 있는 일이 점점 줄어들고, 결국 상대방에게 모든 것을 의존하게 된다.

자기 일은 스스로 해보는 훈련이 필요하다. 사소한 것부터 직접 해결하고 결정하는 연습을 해보자. 실수가 생기더라도 작은 것부터 결정하다 보면 어느새 자신감이 생길 것이다. '나는 혼자서 잘할 수 있어' '실수하면서 배우는 거지'라고 자립심을 키우는 말을 자주 하자. 누구에게도 의존하지 않고 서서히 독립하는 날이 올 것이다.

상담#3

어디서 산 거야?

"지수 엄마 오늘 너무 멋지다. 그건 어디서 팔아요?"
소정이 은희를 위아래로 훑어보며 말을 건넸다. 아침에 아이를 유치원에 보내기 위해 나오는 길이었다. 정신없이 바쁘던 은희는 "이거 한국에는 없고 직구 한 거예요"라고 말하며 지나쳤다. 그날 저녁, 소정에게서 문자 연락이 왔다.
'지수 엄마, 오늘 입었던 그 블라우스 어디서 직구 한 거예요? 나도 좀 알려줘요. 바지도 예쁘던데, 그런 바지는 어디서 사요?' '들고 있던 토트백도 너무 예쁘더라고요. 어디서 샀어요?'
슬슬 짜증이 올라오기 시작했다. 이번이 처음이 아니다. 미대를 나온 은희는 감각 있고 세련된 편이다. 트레이닝 복에 머리를 질끈 묶고 슬리퍼만 신어도 멋스럽게 보인다. 그래서 사람들이 이렇게 묻는 경우가 종종 있다. 그런데 소정은 매번 옷과 신발 심지어 가방까지 궁금해한다.
지난번 은희는 백화점에서 친구들을 기다리며 한 바퀴 둘러보고 있었다. 그때 누군가 저 멀리서 반갑게 손을 흔들어 가까이 다가가보니 소정이었다. 하지만 은희는 깜짝 놀랐다. 머리끝부터 지난번 발끝까지 은희가 입었던 옷 그대로였다. 놀란 맘에 그대로 멈춰 섰고, 소정은 다가왔다.

"지수 엄마! 여기서 보니 반갑네! 쇼핑 왔구나! 나도 쇼핑 왔어요. 잘 보고 들어가요"

은희는 한동안 가만히 서있었다. 소정의 모습과 행동이 이해되질 않아서 친한 유치원 학부모에게 전화를 걸었다.

"너 몰랐구나? 우리 집 올 때마다 가방 구경하고 싶다고 해서 보여주면 그다음에 똑같은 걸로 사더라. 옷도 그렇고 심지어 속옷 브랜드도 물어봤다니까? 내가 기분 나빠 한 소리 했더니 이제 너한테 그러나 보다. 돈도 많은 지 쇼핑도 엄청 많이 해, 아마 네가 입고 들고 다니는 거 이미 똑같이 다 샀을걸?"

왜 소정은 자신의 스타일을 찾지 못하고 다른 사람들을 그대로 따라 하는 것일까?

꾸미는 것을 좋아하는 소정은 주변 사람들의 멋지고 화려한 모습을 따라 하기 바쁘다. 자신도 멋진 사람이라는 것을 보지 못한 채 남에게만 집중하고 있고, 남들이 가진 것은 나도 다 가져야만 하는 균형이 깨진 핑크 성향을 보이고 있다. 소정은 자기 자신에 대한 사랑이 부족하기 때문에 아무리 많이 가져도 충분하지 않다고 느낀다.

멋진 물건을 사서 치장하는 건 한순간일 뿐 지속되지 않는다. 물건 대신 마음과 사랑을 채우는 연습이 필요하다. 다른 사람이 가진 것을 따라 하기 보다 자신의 매력을 있는 그대로 사랑하고 인정하는 것이 중요하다. '나는 지금도 충분히 멋져' '나는 이미 많은 것을 가졌어'라고 되뇌어 보자. 더 이상 쇼핑이 의미 없다는 것을 알게 될 것이다.

핑크의 비하인드 스토리

핑크는 사랑을 연상시킨다. 타인에 대한 사랑은 물론 자신도 사랑하게 되는 색이다. 핑크는 18세기 중반 귀족 사이에서 유행했다. 특히 프랑스 루이 15세의 정부였던 마담 드 퐁파두르는 핑크를 사랑했다. 그녀는 왕의 눈길을 사로잡기 위해 핑크색드레스나 마차를 타고 그의 주변을 맴돌다 사랑을 받았다고 한다.

내면의 아이를 깨우다,
아이스크림 박물관

오래된 건물들이 빽빽이 들어서 있는 뉴욕 소호에 분홍색으로 꾸며진 한 건물이 눈에 띈다. 여기는 무엇을 하는 곳일까? 이곳은 아이스크림 박물관이다.

분홍색 티켓을 받아 분홍색 문으로 들어서면, 분홍색 놀이공간들이 끝도 없이 펼쳐진다. 달콤한 아이스크림을 마음껏 먹으며 분홍색 미끄럼틀을 타고, 소프트아이스크림콘 모형이 가득한 볼 풀에서 뛰어놀고, 스프링클 수영장에서 다이빙하며 신나게 놀 수 있다.

꼬마 아이들을 위한 공간 같지만, 나이 제한 없이 누구나 아이처럼 놀 수 있는 놀이터이다. 분홍색은 우리 마음의 문을 열어주고 나의 내면의 모습을 찾게 해준다. 분홍색 아이스크림 박물관에서 일상에 지친 어른들은 누구의 눈치도 보지 않고 신나게 아이처럼 놀 수 있다. 달콤함을 선사하는 이 공간에서 내 안에 숨겨져 있던 아이를 깨우고 행복함을 느낄 수 있게 된다.

사랑을 주고받는 커플 매칭 프로그램

TV 프로그램에서 꾸준히 사랑받는 주제가 있다. 바로 커플 매칭 프로그램이다. 사람들은 왜 연애 프로그램에 이렇게 열광하는 것일까? 사람들은 누구나 사랑받고 사랑하고 싶어 한다. 시청자들은 출연자들이 비현실적인 데이트를 즐기며 썸을 타고 애태우는 모습에 대리 설렘을 느끼는 것이다.

연애 프로그램의 포스터들을 모아보면 핑크빛이 가득하다. 핑크는 연애와 달콤한 사랑을 상징하는 색이다. 우리의 마음을 열어주고 흥미를 불러일으키는 에너지가 있다. 사람들의 눈길을 사로잡고 사랑에 대한 마음을 깨워주는 커플 매칭 프로그램에 핑크는 빠질 수 없는 마케팅 요소이다.

바비, 또 다른 나

어린 시절 바비인형 하나쯤은 가지고 있었다. 핑크색의 화려한 바비로고와 바비인형이 들어있는 핑크색 박스는 보기만 해도 아이들의 마음을 흔든다. 바비하우스는 집의 지붕부터 벽, 가구, 소품까지 모든 것이 아름답고 사랑스러운 핑크로 되어있다.

아이들은 바비인형에 우주 비행사 옷을 입히고, 멋진 신발을 신긴다. 긴 금발 머리를 묶기도 하고, 고데기로 웨이브도 넣어보고, 싹둑 자르기도 한다. 핑크로 가득한 바비 하우스에서 내가 원하는 대로 한껏 꾸민 바비로 마치 나인 듯, 때로는 친구인 듯 대화를 나누며 역할놀이를 한다.

왜 바비인형을 꾸미고 놀았을까? 아이들에게 바비는 또 다른 나이다. 나를 투영한 바비는 부족한 자존감을 채워주며 내면의 나를 치유하기도 하고, 사랑을 배우기도 한다.

Orange

컬러테라피로 보는 사랑의 심리학 세 번째 색, 오렌지

즐거움, 창조성, 자유, 연금술, 화려함

삶에서 즐거움을 중요시 여긴다. 규범이나 통제에 얽매이기보다는 본인만의 기준에서 자유롭게 행동하며 기발한 아이디어를 만들어 낸다. 사람들과 어울리는 것을 좋아하고 화려함을 즐긴다.

오렌지의 강점 _ 긍정, 낙천, 아이디어, 사교성, 매력

언제나 즐겁고 밝은 에너지로 걱정이 생겨도 깊게 고민하지 않고 빨리 빠져나온다. 처음 보는 사람과도 잘 친해지며, 사교성이 좋아 다양한 사람들과 편견 없이 친구가 된다. 자신만의 매력으로 연인을 즐겁게 해준다.

오렌지의 약점 _ 인기에 집착, 무계획

사람들과 즐겁게 어울리는 시간에만 집중하다 보면 꼭 해야 할 일을 놓치게 된다. 자유와 책임의 균형을 맞추려는 노력이 필요하다.

상담#1

인기에 집착하는 사교쟁이

상담이 시작되자마자 울린 전화에 밖으로 나간 은재를 보며 준수는 이야기를 시작했다.

"보셨죠? 이런 자리에서도 전화를 받으러 가요. 늘 다른 사람들이 먼저예요"

은재는 사람들과 쉽게 친해지고 많은 사람들과 연락을 하며 지내다 보니, 핸드폰에는 2,000개가 넘는 연락처가 저장되어 있다고 했다.

"둘이 있을 때도 계속 전화가 오고, 저랑 있으니까 받지 말라고 해도 꼭 받아요. 통화를 짧게 하는 것도 아니니까 전 그걸 계속 기다려야 하는데 이제는 점점 기분이 나빠져요"

섭섭함은 봇물 터지듯이 터져 나왔다. 이 사람 저 사람 모두 챙기다 보니 준수의 연락은 못 받는 경우가 허다했다. 로맨틱한 데이트는 손에 꼽을 정도이고, 늘 다른 사람들과 함께하는 마치 회식 같은 데이트를 하거나, 은재 지인들의 경조사에 가는 것이 데이트일 때도 있었다.

명절에는 주변 사람들과 직장 동료들까지 챙기며 소소한 선물도 보냈다. 하지만 정작 준수와의 기념일은 잊어버렸다.

은재는 많은 사람들과 함께하는 자리에선 늘 분위기를 이끌고, 주변에는 사람이 끊이질 않는다. 계산도 의례 은재가 도맡았고, 술을 마시고 싶은 날엔 다들 은재에게 전화를 한다. 준수는 뻔히 보이는 상황들을 거절하지 않는 모습에 화가 났다. 왜 은재는 많은 사람들과 함께 하는 시간을 놓지 못하는 것일까?

은재는 수많은 사람들과 연락을 하고 관계를 이어간다. 긍정적이고 사교적인 성격으로 누구와도 쉽게 친해진다. 주변에서 은재를 찾고 도움을 청할 때, 사람들에게 필요한 존재라는 생각에 안심을 하고, 밥도 잘 사준다. 이러한 성향은 오렌지의 에너지와 연결된다. 밝고 자유로운 은재는 언제나 주위에 사람이 많고, 그 사람들 속에서 인기 있을 때 가장 행복감을 느낀다. 하지만 관계에만 너무 집착하다 보면 해야 할 일이나 가족, 연인과 같은 가장 소중한 사람을 놓치게 될 수 있다.

은재는 혼자 조용히 지내보면서 즐거움을 찾는 방법을 알아야 한다. 사람들 속에서 화려하게 등장하거나 박수갈채를 받지 않아도 괜찮다는 것을 알아야 한다. 나에게 집중하고 삶의 의미에 대해 생각하는 시간을 가져보자. 오늘 해야 할 일은 체크리스트를 만들어서 놓치지 않도록 주의하고, 나에게 소중한 사람과 그렇지 않은 사람을 구분해서 인간관계를 정리해 보자.

상담#2

돈 쓰며 얻는 쾌락

지친 기색이 역력한 표정의 도경은 무덤덤하게 은호의 이야기를 시작했다.
약속 시간보다 일찍 도착했다는 은호의 연락을 받고, 도경은 서둘러 약속 장소에 도착했다. 오늘 만나기로 한 곳 근처에는 하필 백화점이 있다. 아니나 다를까 백화점 5층으로 오라는 연락이 왔다. 시계 매장에 있는 은호를 쉽게 찾을 수 있었다.
"지난달에 시계 샀잖아" 매장으로 들어선 도경은 이미 옆에 가득한 쇼핑백을 보았다.
"안 사, 구경만 하는 거야. 너도 구경해" 행복한 은호의 얼굴을 보자 기가 막혔다. 매장을 나와 쇼핑백들을 살펴보니 종류도 다양했다.
"네 것도 샀어. 이 화장품 쓰는 거 맞지? 아, 오랜만에 친구들 만나니까 작은 선물도 준비했어"
오늘은 도경의 친구들과 함께 커플 모임을 갖는 날이다.

은호는 양손 가득한 쇼핑백을 하나하나 설명하기 시작했다. 매번 과하게 쇼핑하는 모습을 보면 화가 나지만, 본인 것만 사는 게 아니라 주변 사람들도 챙기기에 이해했다.
친구들과 가볍게 술을 마시며 즐거운 이야기가 끝없이 이어졌다. 적당한 취기로 기분이 좋았던 은호는 직원을 불러 자신의 카드로 계산을 하려 했다. 도경의 친구들은 만류하며 말했다.
“저희 회비 카드 있어요, 그 카드로 하면 돼요”
친구들의 만류에도 은호는 계산을 했고 자리까지 옮기자고 제안했다.
“난 이 모임이 너무 좋아. 우리 자주 만나자. 저녁식사로 끝나기는 다들 아쉽지? 근처에 자주 가는 곳이 있는데 내가 계산할게! 부담 갖지 말고 다 같이 가자!”
자리는 그렇게 이어졌고, 도경은 내내 말이 없었다. 친구들과 헤어지고 돌아오는 길에 조용히 말을 꺼냈다.
“내 친구들 선물도 사주고 저녁까지 사줘서 너무 고마운데, 우리 내년에 결혼할 거면 돈을 아껴야 하지 않을까? 회비로 계산하는 자리인데도 굳이 나서서 계산하고 2차까지 가는 건 아니라고 생각해”
“재밌었잖아. 다들 좋았을걸? 돈은 쓰라고 있는 거야”
답답한 은호의 말에 도경은 멍하니 밖을 바라만 봤다. 왜 은호는 늘 기분 내키는 대로 돈을 쓰고 다니는 것일까?

은호는 쇼핑을 좋아하고 사람들에게 선물하는 것도 좋아하는 쾌활한 사람이다. 무언가를 심각하게 고민한 적도 없고, 언제나 낙천적인 성격으로 주위에 그 에너지를 전달한다. 오렌지는 우리 눈에 화사함을 준다. 보기만 해도 기분이 좋아지는 것처럼, 은호도 사람들에게 좋은 기분을 선사하는 사람이다. 자신의 화려함을 위해서도 돈을 쓰지만, 도경이나 친구들을 기쁘게 하기 위해서도 돈을 쓴다. 그런데 계획 없이 쓰기만 하고 타인에게 베풀기만 한다면, 언젠가 문제는 꼭 발생하기 마련이다. 써야 할 때와 받아야 할 때, 기뻐할 때와 자중해야 할 때를 알아야 한다.

은호는 절제와 자기통제의 훈련이 필요하다. 사고 싶은 것이 있거나 선물을 하고 싶을 때 잠시 멈춰서 예산을 체크해 보고, 꼭 필요한 소비인지를 한 번 더 따져보자. 이제는 사람들을 만나는 시간을 줄이고 자신에게 그 소중한 시간을 투자해 보자.

상담#3

우리 결혼부터 하자!

"우리 같이 살자, 빨리 결혼하자!"
서우가 싱글벙글 웃으며 눈만 마주쳐도 하는 이 말이 다해는 부담스럽다. 연애를 시작한 지 이제 막 한 달이 넘었다. 첫눈에 호감을 느꼈던 둘은 그날 바로 사귀기로 하고 매일 같이 만났다. 회사가 가까워 출퇴근도 함께 하고 시간 될 때마다 잠깐이라도 얼굴을 봤다. 서우는 늘 다정하고 애정표현도 많고, 다해를 바라보는 눈에도 사랑이 가득했다. 다해는 이런 표현들이 사랑받고 있다는 느낌이 들어 행복했다.
하지만 사귄 지 며칠 안된 시점부터 서우는 결혼하자는 말을 입에 달고 살기 시작했다. 처음에는 이 사람이 정말 나를 사랑하는구나라는 생각이 들었지만, 시도 때도 없이 반복되는 이 말이 어느 순간부터 거슬리기 시작했다. 평소에도 장난기가 많은 서우라 진심인지도 헷갈렸다. 또 데이트 약속도 자기 멋대로였다. 둘이서만 만나기로 한 날에 친구들이 함께 하기도 했고, 친구들이 모이는 자리에 다해를 데리고 가기도 했다. 반대로 다해가 친구들과 약속이 있으면 그 자리에 가고 싶다고 조르기도 하고, 회사 회식자리에서는 빨리 나오라며 재촉하기도 했다. 어디로 튈지 모르는 서우의 행동과 말에 다해는 조금씩 힘들어졌다. 그러던 어느 날, 퇴근시간 무렵 전화가 왔다.

"오늘 대학 동기 모임 있는데 결혼할 사람이랑 같이 간다고 했어. 퇴근하자마자 가야 하니까 늦지 말고 나와"

서우의 쏟아지는 말에 기분이 나빴다. 더 이상 참을 수 없었던 다해는 쏘아붙이듯이 말했다.

"우리가 결혼할 사이라고? 난 결혼한다고 확답을 한 적이 없는데? 결혼하면 어디서 살지, 모아둔 돈은 있는지, 누구를 초대할지 우리는 한 번도 진지한 대화를 한 적도 없어. 그런데 어떻게 사람들한테 결혼할 사람이라고 가볍게 말할 수가 있어? 결혼이 그렇게 쉬운 일이야? 그리고 내 일정은 생각 안 해 봤어? 다른 약속이 있으면 어쩌려고 그래? 왜 이렇게 생각 없이 행동하는 거야?"

평소답지 않게 화를 내는 다해의 모습에 당황한 서우는 기어들어가는 목소리로 말했다. "결혼은 그냥 좋으면 하는 거지. 너는 나랑 결혼 안 하고 싶어?"

왜 서우는 아무런 계획도 없으면서 결혼하자는 말만 하는 것일까?

서우는 늘 거리낌 없이 행동한다. 사람들을 의식하지 않고 다해의 회사 앞에 찾아오거나 시시때때로 다정한 애정표현도 자주 한다. 오렌지의 달콤하고 기분 좋은 향을 그대로 지닌 사람이다. 하지만 사귄 지 며칠 되지 않은 시점부터 결혼하자며 다해를 당황시키고, 그저 마음 가는 대로 행동한다. 지금 당장 너무 사랑하니까 결혼하고 싶은 것은 충분히 이해가 되지만, 아무 계획도 없이 감정을 표현 하는 건 상대를 곤란하게 만드는 일이다. 지금 순간의 감정을 참을 줄도 알아야 하고, 계획을 세운 후에 행동하는 것도 알아야 한다.

서우는 지금 당장 즐거운 일보다는 미래에 일어날 일을 이성적으로 계획하는 습관이 필요하다. 하고 싶은 일이 있다면 어떤 것을 준비해야 하는지 먼저 살펴보고, 책임감 있게 계획을 세워 행동하자. '차근차근할 수 있다'라는 마음가짐으로 하나씩 천천히 시도하자.

오렌지의 비하인드 스토리

오렌지는 자유로움과 즐거움을 상징한다. 톡톡 터지는 오렌지의 알갱이처럼 신선하고 색다른 아이디어가 풍부하다. 밝은 성격으로 친화력도 좋아 늘 주변에 사람이 끊이지 않는다.

붓다의 가르침을 깨닫다.

라오스를 여행하다 보면 이른 새벽부터 오렌지색 승복을 입은 스님들이 줄지어 있는 모습을 볼 수 있다. 바로 탁발 의식을 진행하기 위해서다. 이 오렌지색 행렬은 붓다의 원형적 가르침을 보전하고 있는 상좌불교 국가 라오스의 대표 문화이다. 산스크리트어로 깨달은 자를 의미하는 붓다는 고된 수행 끝에 자신의 본질을 찾으면 그 안에서 진정한 깨달음을 얻는다고 말하였다.
버려진 옷들을 조각조각 기워 만든 승복은 황토나 샤프란, 강황과 같은 식물성 염료로 염색하여 오렌지색으로 만든다. 컬러테라피에서도 오렌지는 깨달음을 상징한다. 승려들은 욕심과 쾌락, 즐거움을 버린 수행 끝에 진정한 깨달음을 얻고 해탈의 경지에 오른다. 이 오렌지의 에너지가 승려의 삶을 응원해 주는 듯하다.

사탕 안 주면 장난칠 거야!
이웃들과 함께하는 핼러윈 파티

핼러윈 하면 '잭오랜턴'이라 불리는 주황색 커다란 호박이 제일 먼저 떠오른다. 미국에선 10월이 되면 이 핼러윈을 즐기기 위해 다들 호박 농장을 방문한다. 그곳에서 아이들은 호박을 골라 안을 파내고, 세모눈에 지그재그 입의 익살스러운 표정을 조각하며 즐거워한다.

잭오랜턴은 아일랜드의 잭이라는 노인이 순무 랜턴을 만들어 따라오는 악마를 쫓아냈다는 전설에서 유래되었다. 이후 미국으로 넘어오면서 주황색 호박을 사용한 것으로 전해지는데, 이는 핼러윈이 호박 수확 시기였기 때문이라 한다. 주황색 호박은 수확량이 많고, 다른 채소들 보다 속을 파기 쉬워서 아이들이 사용하기에 적당하다.

조각한 호박에 촛불을 넣고 현관 앞에 장식하면 핼러윈을 즐길 준비가 되어있다는 의미가 된다. 아이들은 유령으로 변장하고 트릭 오어 트릿Trick or treat을 외치며 핼러윈 장식이 된 이웃들의 집을 방문한다. 사탕 바구니를 들고 방문한 아이들을 위해 이웃들은 기꺼이 사탕과 초콜릿을 나눠주며 함께 핼러윈을 즐긴다.
핼러윈을 상징하는 주황색은 즐거움과 화려함, 사교와 파티를 상징한다. 집 앞에 잭오랜턴을 두어 유령이 된 아이들의 방문을 환영하고, 간식도 함께 주고받으며 즐거운 시간을 갖는다. 죽은 영혼이 사람들을 괴롭힌다는 불길한 의미를 가졌던 핼러윈이 이제는 어른 아이 할 것 없이 모두를 위한 파티로 자리 잡았다.

에르메스의 오렌지색 박스

벽면 가득 오렌지색 박스가 가득한 곳에서 인플루언서들이 사진을 찍는다. 평범할 수 있었던 사진은 한순간에 화려해지고 사람들은 그들을 선망하기 시작한다.

왜 에르메스 오렌지색 박스는 사람들의 눈길을 사로잡는 것일까? 에르메스의 포장 박스는 원래 크림색이었다. 하지만 1942년 당시 크림색 박스를 구하기 어려워지자, 저렴하게 구할 수 있던 오렌지색 박스를 대신 사용하게 되었다. 정열적인 레드에 밝은 옐로가 섞여 더 반짝거리고 화려한 빛을 발산하게 된 것이다.

에르메스는 1837년 설립 이래 지금까지 쭉 장인 정신과 인본주의적 가치에 충실해 왔다. 창작의 자유 그리고 우아한 오브제를 만들어내는 능력은 에르메스의 독창성을 구축해 온 원동력이다. 이러한 정체성을 만들어 나가는 과정에서 오렌지색이 주는 자유분방한 창조성, 감각적인 아름다움, 화려함 등의 에너지가 큰 힘이 되었을 것이다.

Yellow

컬러테라피로 보는 사랑의 심리학 네 번째 색, 옐로

기쁨, 밝음, 자신감, 자아, 존재

태양처럼 밝게 빛나고 반짝인다. 언제 어디서나 눈에 띄는 밝은 빛으로 세상을 환하게 만든다. 이들은 자신의 의견을 당당하게 표현하고, 행동과 생각 사이에서 좋은 판단을 하는 에너지를 가지고 있다. 내면의 아이, 자아를 느끼게 하는 색이다.

옐로의 강점 _ 재치, 쾌활, 천진난만, 지적

아이처럼 천진난만하고 순수하다. 호기심이 많고 장난기가 가득해 항상 웃음을 유발한다. 순발력과 재치가 넘쳐서 좋은 분위기를 만드는 능력이 있고, 자신감도 넘쳐서 사람들로부터 주목받는 것을 즐긴다. 학구열이 높아 지적 탐구를 좋아하며, 자신이 알고 있는 지식을 남들에게도 가르쳐 주고 싶어 한다.

옐로의 약점 _ 예민함, 비판적

자신이 아는 것만 맞고 다른 사람들은 틀렸다고 생각하여 의도치 않게 타인을 비판하게 될 때가 있다. 모든 것을 완벽하게 하려고 애쓰다 극도로 예민한 상태에 빠지기 쉽고, 부정적인 생각이 들면 연인에게 까다롭고 신경질적으로 대할 수 있다.

상담#1

데이트보다는 자기개발

상담실에 들어선 승현은 무표정한 얼굴로 지훈과의 데이트 비용 이야기를 시작했다. 취업을 준비하던 시기에 만난 둘은 시간과 돈이 많지 않아 주로 카페에서 함께 공부를 하며 데이트를 즐겼다. 그러다 두 사람 모두 취업을 하고 여유가 생기자 드디어 연애다운 연애를 할 수 있게 되었다. 지훈은 사려 깊고 다정했다. 서프라이즈로 작은 선물들을 사기도 하고, 데이트가 있는 날은 미리 알아온 맛집에서 밥을 먹고 카페에서 이야기를 나눴다. 지훈은 매일 데이트를 하고 싶어 했지만, 승현의 개인적인 스케줄 문제로 자주 할 수는 없었다.

오랜만의 데이트에 지훈은 설렘 가득한 표정으로 선물을 건넸다. 승현이 옅은 미소를 지으며 조심스레 선물을 열어보니 명품 지갑이었다.

"아, 지갑이네. 나 지금 쓰는 지갑 멀쩡해서 바꿀 필요 없는데… 그래도 고마워"

지훈의 표정은 한순간에 굳어졌다. 의자에 기대어 잠시 승현을 바라보다 낮은 목소리로 불만을 쏟아내기 시작했다.

"오늘은 내가 얘기 좀 할게. 우리 이제는 남들처럼 좋은 식당도 가고, 선물도 할 수 있을 만큼은 돼서 너무 좋고 행복한데, 넌 나와 생각이 다른 것 같아. 우리 첫 월급 받으면 백화점 가서 선물 고르고, 겨울엔 여행 가기로 했었지? 그런데 네가 영어 학원이랑 자기개발 클래스 등록했다고 해서 선물도 작게 하고 여행도 다음에 가기로 미뤘어. 널 위한 거니까 이해하려 하고 참아왔는데 넌 오늘 카페 오자마자 온라인 강의 틀고 책도 꺼내 놓더라? 우리 얼마 만에 만난 건지 알기는 해? 네가 등록한 수업들이 비싸다는 것도 알아. 그건 쉽게 등록하면서 나랑 여행 갈 돈은 없어? 넌 나한테 돈 쓰는 게 아까워? 데이트 비용도 다 내가 내는데 여행까지 바라는 거야?"

평소에 늘 웃으며 다정했던 지훈이지만 쉬지 않고 불만을 쏟아내는 모습에 승현은 놀랐다. 솔직히 지난 몇 달간 영화를 보고, 저녁을 먹고, 카페에 갈 때마다 시간이나 돈이 아깝다는 생각이 들었다. 그래서 클래스 등록을 하고 데이트 시간을 줄이고 있었는데, 지훈도 그 의도를 다 알고 있었다. 왜 승현은 데이트보다 자신을 위한 시간을 더 중요하게 생각하는 것일까?

승현은 배우는 것을 좋아한다. 지나가다 공방이나 성인 대상 학원들이 보이면 꼭 안을 들여다본다. 무언가를 배우면서 재미를 느끼고 어느 정도 잘 한다 싶으면 자격증 과정까지 이수한다. 이런 승현의 소비패턴은 자신감, 지적 호기심의 색인 옐로와 일치한다. 이들은 새로운 것을 배우는 과정으로 자존감과 자신감을 채워 나간다. 늘 자신이 부족하다고 생각하기 때문에 끊임없이 배우려 하고 지식을 쌓는 것에는 돈을 아끼지 않는다. 그러나 자신을 외적으로 꾸미는 부분이나 단순한 재미를 위해 쓰는 돈을 아까워한다.

승현은 놀면서 살아가는 방법을 알아야 한다. 세상 모든 것을 알 필요는 없다. 하나를 배우면 잠시 쉬고 스스로에게 보상과 충전의 시간을 주자. 맛있는 것도 먹고, 재밌는 곳에서 노는 것도 인생에서 중요한 일이다. '나는 이미 많이 알고 있어' '다 알 필요는 없어'라고 스스로를 놓아주며 지금도 충분하다는 것을 느껴보자. 얼굴에 미소가 생길 것이다.

상담#2

연애는 1등 한 후에 할 거야

수진은 이름만 들어도 알만한 대학병원의 정형외과 교수이다. 그녀에게 진료를 받으려면 수개월 기다려야 할 만큼 실력을 인정받고 있다. 자신의 분야에서 독보적이라 여러 매체에도 출연했다.

수진의 아침은 4시부터 시작된다. 이제는 익숙해져서 알람이 울리기도 전에 일어나 진한 커피 한 잔과 함께 이른 아침을 맞는다. 무표정한 얼굴과 단정한 옷차림으로 늘 같은 시간에 출근한다. 혹시라도 놓치는 것이 있을까 책상에 앉자마자 일정을 꼼꼼히 적는다. 오늘은 외래진료에 회진도 돌아야 하고, 콘퍼런스 준비도 해야 한다. 게다가 수술 일정도 꽉 차 있어서 수술 준비까지 마쳐야 한다. 크게 위험한 수술은 없지만 실수하면 안 되기에 몇 번을 들여다보고 고민한다. 어릴 때부터 이렇게 철저하게 준비한 것이 습관이 되었다.

어린 시절 제법 똑똑하다는 얘기를 많이 들었지만 집안 형

편이 어려워 스스로 열심히 해야만 했다. 등록금을 위해, 부모님을 위해 노력한 결과 한 번도 일등을 놓치지 않았다. 그 자리를 지키지 못할까 봐 잠자는 시간도 줄이고, 친구는 물론 게임도 하지 않으며 살아왔다. 의과대학에 진학하고, 전문의가 되기까지 이런 패턴은 크게 변하지 않았다. 그러다 보니 수진은 30대 후반인 된 지금까지 제대로 된 연애를 해본 적이 없다. 여러 가지 이유가 있지만 누군가를 만나 이 삶이 흐트러지는 것이 싫다. 지금까지 이루어 놓은 결과들이 무너질까 두렵다.

항상 1등을 하기 위해 흐트러짐 없고 무미건조한 삶을 수진은 언제까지 이렇게 살아가야 할까?

집안 형편이 좋지 않았던 수진은 자신의 노력으로 할 수 있던 것은 공부밖에 없었다. 실력 있는 의사가 되어 안정된 미래를 만드는 것이 최종 목표였다. 의사가 될 때까지 친구를 만나지도 않고 잠도 충분히 자지 못했다. 자신의 약점을 보완할 때까지 한 눈 팔지 않고 오로지 공부만 했다. 수진은 옐로의 상징처럼 자신감, 자아가 채워져야 일상에서 행복을 느낀다. 그런데 만족을 모르고 계속 혹독하게 채찍질만 하면, 삶에서 반짝이는 일들을 잊어버린 채 점점 메마른 상태가 되어갈 것이다.

수진은 1등을 하지 않아도, 완벽하지 않아도 괜찮다는 것을 알고, 존재 자체에 기쁨을 느끼는 것이 필요하다. 아무것도 하지 않아도 충분히 빛나고 있다는 것을 알아야 한다. '나는 충분히 잘해왔어' '이제 그만하고 쉬어도 돼'라고 스스로에게 칭찬과 위로의 말을 해주자. 그리고 그냥 웃어보자. 잠시 생각을 내려놓고 밝은 태양 아래에서 따뜻함을 느끼면 모든 것이 채워질 것이다.

상담#3

내가 더 빛나고 싶어

“왜 오늘은 또 입이 삐죽 나와 있을까?” 지호의 뾰로통한 모습을 보고 준겸이 다정하게 말을 건넸다.
“지난번 모임 때랑 완전히 다른 스타일로 나갔는데 사람들이 모르더라. 왜 모르지? 나 옆머리 다듬고 갔는데 잘 어울린다고 아무런 말도 안 해줬어. 너 가방은 예쁘다고 다들 한마디씩 하면서”
준겸의 대학 동기 모임에 다녀온 뒤 지호가 투덜거리기 시작했다.
“그야, 새로 산 것 같으니까 다들 한마디씩 한 거지. 내 친구들은 내가 어떤 가방 갖고 있는지 다 알잖아. 그게 섭섭했어?”
“아니, 그냥 그렇다고”
지호는 다른 사람들과 함께 있을 때도, 둘이 있을 때도 이런 작은 투정들이 있다.
“내가 데이트 코스 다 준비해 놨어. 어때? 잘했지? 오늘은 삼계탕 먹으러 가자! 그냥 삼계탕이 아니야. 아주 특별한 30년 전통 삼계탕인데 여름이 오기 전에 이건 꼭 먹어야 해"

"어제 복날이라 삼계탕 집에서 회식했다고 말했잖아. 잊어버렸어?"

"아, 그래? 난 너랑 먹으려고 예약도 다 해 놨는데? 이건 다른 거니까 먹어봐. 어제 먹은 삼계탕이랑 차원이 달라"

결국 삼계탕집으로 향했고, 준겸은 입맛이 없어 먹는 시늉만 하고 있었다. 그러자 잔뜩 뾰로통한 표정으로 지호가 말했다.

"내가 특별히 예약한 건데 맛이 없나봐? 어제 먹은 삼계탕이 더 맛있었나 보네. 아니면 회사 사람하고 다같이 먹어서 그런가? 너 생각해서 몸에 좋은 음식 준비한 건데 칭찬 좀 해주지"

왜 지호는 자신만 관심받고 싶어 하고, 남이 칭찬해 주기를 바라는 것일까?

지호는 사람들의 관심을 받고 싶어하고 준겸에게도 인정받고 싶어 한다. '멋지다' '잘 했어'라는 칭찬을 듣고 싶어서 자신을 꾸미고 데이트 준비도 열심히 한다. 태양처럼 밝게 빛나고 싶은 옐로의 특성이다. 주변을 환하게 밝히고 모두가 우러러보는 존재이고 싶은 것이다. 그런데 함께 어우러진 자연스러운 빛이 아닌 혼자서만 빛나고 싶은 욕심은 타인에게 불편함을 준다.

지호는 남과 비교하지 않고 있는 그대로 자신의 모습을 받아들이는 연습이 필요하다. 내가 잘하는 것과 타인이 잘하는 것을 인정하고 나만의 장점을 찾아보자. 모든 것을 다 잘 할 수도 없고 다 가질 수도 없다. 각자의 인생을 그대로 바라보고 인정해 주자.

옐로의 비하인드 스토리

태양빛을 닮은 옐로는 천진난만한 어린아이처럼 밝고 긍정적인 에너지로 자존감과 자신감을 향상시킨다. 또한 지적 호기심을 자극하는 색으로 지식과 지혜를 상징한다.

뉴욕의 상징, 옐로캡

뉴욕이 배경인 영화의 한 장면을 떠올려 보면, 빽빽하게 들어서 있는 높은 건물과 옐로캡이라 불리는 노란 택시가 떠오른다. 교통 체증으로 악명 높은 뉴욕 거리에는 항상 이 노란 택시가 줄지어 있다.

1960년대 초반까지만 해도 뉴욕의 택시는 다양한 색을 가지고 있었다. 하지만 불법영업택시가 증가하자 1967년부터 법으로 등록된 택시는 모두 노란색으로 바꾸게 하였고, 그 결과 지금의 뉴욕을 상징하게 되었다.

많은 색 중에서 왜 하필 노란색이 선택되었을까? 그 이야기는 시카고에서 시작된다. 1915년 택시사업을 시작한 존 허츠는 자신의 택시가 눈에 띄기 위한 색을 인근 시카고 대학에 의뢰하였다. 그 결과 노란색이 가장 주목도가 높은 색이라는 것을 알게 되었고, 회사 택시를 모두 노란색으로 바꾸었다.

노란색은 복잡한 건물들과 수많은 차들이 꽉 차 있는 도로에서 택시를 빠르게 찾을 수 있도록 도와주고, 막히는 차 안에서 짜증을 내지 않고 웃음 짓게 해준다.

4N57

어린이를 보호하는 색

스쿨버스, 유치원 가방과 모자, 어린이 보호구역, 애니메이션 미니언즈 등 이 단어들이 가진 공통된 색은 바로 노란색이다. 한국뿐만 아니라, 세계 여러 나라에서 아이들과 관련된 곳에 사용하는 이 색은 천진난만한 아이들을 상징함과 동시에 여리고 약한 모습을 떠올리게 만든다.
스쿨버스는 노란색으로 규정된 것처럼, 어린이 보호가 필요한 곳에 노란색을 사용하여 작고 서툰 아이들은 보호받아야 할 대상이라는 것을 인지시켜 준다. 실제로 어린이 횡단보도 사고를 예방하기 위해 만든 '옐로카펫'은 운전자들의 감속 운행을 유도하고 시인성을 증가시켜, 교통사고 감소 효과로 이어졌다는 결과가 잇따라 나오고 있다.

즐거운 사건, 거대한 러버덕

서울 잠실 석촌호수에 노란색 거대한 오리가 나타났다! 어릴 적 욕조에서 가지고 놀던 노란 러버덕이 거대한 모습으로 도시 한가운데 전시된 것이다. 반복되는 일상에 지쳤던 사람들은 밝은 미소로 즐거워하며 열광적인 반응을 보였다. 기쁨과 호기심을 상징하는 노란색 러버덕은 지나가는 사람들의 눈길을 끌어 웃음 짓게 하고 마음까지 환히 밝아지게 해주었다. 네덜란드의 공공미술 작가 플로렌타인 호프만은 장난감이나 우리가 흔히 보는 물건을 거대하게 만들어 세계 곳곳 사람들의 시선이 닿는 곳에 전시했다. 쉽게 작품을 접하고 예술에 친근하게 다가가기를 바랐던 그의 의도대로, 사람들은 예기치 못한 장소에서 거대한 러버덕을 보며 즐거운 경험을 했고 행복감을 느끼는 사건이 되었다.

Green

컬러테라피로 보는 사랑의 심리학 다섯 번째 색, 그린

평화, 휴식, 균형, 시작, 자연

봄의 새싹처럼 재생과 새로운 시작을 뜻한다. 일상에서 지친 몸과 마음을 자연이 주는 평화로 균형을 맞추어 주고 치유해 준다.

그린의 강점 _ 배려, 봉사, 친절, 편안

나보다는 타인을 먼저 생각하고 배려하는 평화주의자다. 타인의 고충을 잘 들어주고 도와주려고 애쓴다. 자신의 감정을 표현하지 않으며, 다수를 위해 양보하고 희생한다. 연인이 원하는 것은 다 들어주려고 하며 숲과 나무처럼 편안함을 준다.

그린의 약점 _ 거절을 못 함, 감정 표현의 어려움

타인의 요구사항을 거절하지 못하고 계속 들어주다 보면 마음의 짐이 무거워진다. 인간관계에서 생기는 감정적인 문제들을 계속 참으면 병이 될 수 있다. 자신보다는 타인을 위한 행동이 점점 쌓이다 나만 손해 보고 있다는 생각에 빠지고, 쌓였던 감정이 갑자기 폭발하여 모두에게 상처를 입힐 수 있다.

상담#1

나의 모든 것을 챙겨주는 게 좋아

자리에 앉은 미주는 연애 초기를 떠올리며 이야기를 시작했다.

상진은 성급하지도 않고 조용한 성격이라 함께 있으면 안정감이 들었고, 매일 아침 기분 좋아지는 문자로 미주를 깨우는 달콤하고 세심한 면을 갖추고 있었다.

"오늘 하루도 행복하게 보내, 사랑해"

미주의 일에 방해되지 않도록 중간중간 안부도 물었고, 데이트할 때는 늘 먼저 와서 기다렸다. 상사의 험담도 늘어놓으면 무조건 미주의 편을 들어주었다. 한번은 차를 타고 가다 아주 작은 소리로 '목 마르네'라고 중얼거리자, 조용히 가까운 편의점에 들러 물을 사고 뚜껑도 열어주며 건넸다.

"혼잣말인데 그걸 어떻게 들었어? 음악소리도 엄청 큰데 어떻게 들었지?"

"난 네가 하는 말은 다 듣고 있어. 필요한 게 있으면 다 사다줄게"

상진은 하나부터 열까지 미주에게 포커스가 맞춰져 있고, 항상 의견을 따랐다. 미주는 늘 보살핌을 받고 있는 기분을 느낄 수 있었다.

이렇게 달콤했던 연애는 시간이 흐르자 일상이 되었다. 아침을 깨워주던 문자는 점점 뜸해졌고, 데이트는 미주가 먼저 와서 기다리기 시작했다. 큰 프로젝트에 참여하게 된 상진은 더욱 바빠졌고, 미주와의 데이트는 업무에 밀려 종종 취소되기도 했다. 힘들까 봐 걱정하던 미주의 마음에 섭섭함이 생기기 시작했으나 내색을 하지는 않았다.

“저녁도 못 먹고 일하는 거야? 도시락 만들어서 갈까? 아니면 퇴근할 때 잠시 우리 집에 올 수 있어?”

“하… 아니 네가 만든 도시락 맛없어. 요리도 못하면서”

평소답지 않은 상진의 말에 미주는 놀랐다. 세심하게 배려하던 모습은 사라지고 전혀 다른 모습이 보이기 시작했다. 여기서 끝이 아니었다.

“나도 요즘 힘들어. 난 바쁠 때에도 항상 널 먼저 생각했는데 이제는 너도 날 먼저 생각해 주면 안 돼? 너네 집으로 들리라고 하는 게 아니라 네가 올 수도 있잖아. 왜 매번 내가 너한테 가야 해?”

자기를 챙겨주지 않는 미주를 탓하며 그동안 쌓인 불만을 토로하는 상진의 모습에 미주는 당황스러웠고 진짜 마음이 어떤 것이지 의문이 들기 시작했다.

상진은 타인을 배려하고 양보한다. 평화를 위해서 나를 희생하는 그린의 특징과 일치한다. 그러나 이타적인 성향이 지나치면 나만 손해 보고 있다는 생각에 빠져 해준만큼 돌려받길 원한다. 점점 더 내 것에 집착을 하게 되고 이러한 집착은 타인이 느끼기에 인색함, 이기심으로 비치게 된다. 연애를 할 때에도 어느 정도 안정적인 관계가 지속되면 자신밖에 모르는 이기적인 행동이 나오기 시작한다. 연인을 챙겨주기보다는 내가 챙김 받기를 원한다.

치유를 위한 처방

상진은 주고받는 것을 자연스럽게 받아들여야 한다. '내가 줬으니까 너도 줘야지' '너도 나처럼 해야지'라는 집착을 버려야 한다. 돌려받겠다는 마음은 버리고 '내가 여유 있으니까 주는 것'이라는 생각 훈련이 필요하다. '기쁜 마음으로 주자' '나는 마음의 여유가 있어' 등의 말로 마음의 집착을 버리는 연습을 해보자.

상담#2

자린고비

"저에게 쓰는 돈이 아까운가 봐요. 전 그 정도 가치밖에 안 되는 존재인 걸까요?"

승연은 지민과의 이야기를 시작하며 눈물을 글썽거렸다. 알뜰한 지민은 데이트할 때 공유 차량을 이용하고, 밥도 유명 레스토랑보다는 집 근처 작은 식당에서 해결한다. 커피를 마실 때에는 할인이 되는 카페를 일부러 찾아 한참을 걸어가고, 물건을 살 때도 추가 할인 카드와 포인트 적립도 잊지 않았다.

승연과 지민은 1주년 기념으로 서로에게 선물을 준비하기로 했다. 지민이 알뜰하다는 것은 알고 있지만, 이번 기념일은 특별하기에 기대가 컸다. 몇 달 전부터 백화점에 가서 커플링을 갖고 싶다는 말을 수없이 했다. 1주년을 기념하기 위해 승연은 미슐랭 레스토랑을 힘들게 예약하고, 커플 지갑도 준비했다. 잔뜩 기대에 부푼 마음으로 퇴근 30분 전부터 책상 정리까지 마치고 시계만 바라보고 있었다. 6시가 되자마자 회사를 나와 일찍 도착한 승연이 전화를 걸었다.
"나 도착했어. 넌? 택시 탔지? 택시 타고 오면 금방 올 텐데"
"버스 탔는데? 지금 가고 있어. 택시는 기본요금이 너무 비싸, 조금만 기다려봐"
지민의 말에 기가 막혔지만, 좋은 날이기도 하고 예약해둔 시간도 다 되어 먼저 들어갔다. 미슐랭 레스토랑이라 그런지 들어설 때부터 특별했다. 로맨틱한 분위기의 음악도 좋았고 인테리어도 너무 마음에 들었다. 짜증 났던 기분이 싹 사라졌다. 잠시 후 두리번거리며 지민이 왔다. 자리에 앉자마자 메뉴판을 들여다보더니 눈이 토끼처럼 커졌다. 그러고는 재빨리 단품 메뉴를 주문하려 하자 당황한 승연이 말했다.
"오늘은 특별한 날이니까 코스로 천천히 즐기다 가려고 내가 미리 주문해 놨어. 그냥 즐기자"
"이 돈이면 동네에서 배 터지게 먹을 수 있는데 굳이 비싼 돈 쓰며 먹어야 해?"
지민의 투덜대는 말을 뒤로하고 승연은 설레는 표정으로 선물을 꺼냈다.
"우리 1주년이잖아. 내가 오늘 이 레스토랑하고 작은 커플 지갑을 준비했어"
이어 지민은 주머니에서 주섬주섬 무언가를 꺼냈다. 커플링을 기대하며 잔뜩 기대에 부푼 승연의 눈이 반짝였다. 그러나 기대와는 달리 주머니에선 파란색 봉투가 나왔다.

"나는 아울렛에서 사용할 수 있는 상품권이야"

"커플링은?"

"안 그래도 너가 커플링 갖고 싶어하는 것 같아서 알아봤는데, 터무니없이 비싸더라. 커플링은 결혼할 때 하자"

함박웃음을 지으며 건네는 지민의 말에 승연은 할 말을 잃었다.

특별한 날임에도 무조건 아끼고 실용적인 것을 찾는 지민은 왜 이렇게까지 돈을 안 쓰려고 하는 것일까?

진단

지민은 알뜰한 소비성향을 지니고 있다. 겉치레를 하거나 불필요한 지출은 하지 않는다. 자신의 예산 한도 내에서 꼭 필요한 것만 사는 행동은 그린처럼 파트너에게 안정감을 주고 편안함을 준다. 하지만 기념일 같은 특별한 날에도 평소처럼 아끼기만 한다면 파트너에게 서운함을 줄 수 있다.

지민은 이벤트를 즐기려는 노력이 필요하다. 평소에는 아끼더라도 특별한 날에는 기분 좋게 소비할 수 있어야 한다. 절약할 때와 소비할 때를 균형 있게 맞추어 보자. 새로운 것을 받아들이는 유연성은 몸과 마음을 가볍게 한다. 어렵게 생각하지 말고 상쾌한 기분을 느껴보자.

상담#3

알 수 없는 마음

동글동글한 눈매에 편안한 이미지의 윤화는 새로운 사람을 만나는 것에 어려움을 겪고 있다며 조심스레 이야기를 시작했다.
"누군가와 썸 타기 시작하면 상대방에게 늘 같은 말을 들으며 끝이 나요. 데이트할 땐 다정하고 따뜻한 사람 같은데 헤어지면 멀게만 느껴진대요. 제가 어떤 생각을 하는지 모르겠고, 나쁜 사람은 아닌 것 같은데 외롭다는 생각까지 든다고 해요. 저는 최선을 다하는데 매번 같은 상황이 반복되니 너무 답답합니다"
상담은 연애 패턴을 하나씩 훑어보는 것에서부터 시작되었다. 첫인상이 좋은 윤화는 처음 소개받는 자리에서 늘 관심을 받았고 애프터 신청도 이어졌다. 상대가 좋아한다고 말하면 호감을 느꼈고 그렇게 썸이 시작됐다. 데이트 코스를 정할 때나 의견 조율이 필요할 때, 자신의 의견을 말하기보다는 상대가 원하는 방향으로 맞춰주었다. 속상한 일을 털어놓으면 잘 들어주고 항상 같은 편이 되어주었다. 데이트를 하는 동안에도 늘 상대를 생각하고 배려했다. 하지만 윤화는 집에 돌아온 순간부터 소파와 한 몸이 되어 핸드폰을 무음으로 바꾼다고 말했다.

"집에서까지 연락을 하는 게 지치더라고요. 쉬고 싶은데 전화로 또 얘기를 하는 것이 힘들었어요. 그러다 보니 상대는 저를 잘 모르겠대요"

"상대에게 본인 사적인 이야기나 감정을 털어놓았다고 생각하시나요?"

"그런 것 같지는 않아요. 저를 먼저 좋아해 줬으니 고마워서 늘 상대의 요구를 들어줘야 한다고 생각했어요. 그래서 회사에서 힘들었던 일이나 가족사는 더 이야기를 안 했어요. 그런 이야기를 하면 부담스러울 수도 있잖아요"

"언제부터 그랬는지 기억나시나요? 첫 연애 때도 그러셨나요?"

"생각해 보니 처음에는 안 그랬던 것 같아요. 수업 중에도 나와서 전화를 받았던 기억이 나요. 늘 핸드폰을 들고 있고 혹시라도 전화를 못 받으면 제가 큰 잘못을 한 것 마냥 미안해했어요"

"헤어진 이유를 말해주실 수 있을까요?"

"그때에 저는 철이 없었는지 아주 작은 일까지 그 친구와 다 상의했어요. 집에 힘든 일이 있었는데 말할 사람이 없으니까 늘 울면서 전화했어요. 매번 미안해서 진짜 잘 챙겨주고 잘해줬어요. 그러던 어느 날 그 친구가 헤어지자고 하더라고요. 너무 지치고 숨이 막힌대요. 저에게 그 친구는 가족이나 다름없었는데 그게 부담스러웠나 봐요. 그때 받은 상처가 커서 꽤 오랫동안 정신 못 차리고 살았던 것 같아요"

윤화는 그 후에도 몇 번의 연애를 더 했고, 점점 자신의 이야기를 줄여가기 시작했다. 감정 표현이나 생각을 드러내지 않으려고 했으나 번번이 길게 가지 못하고 쉽게 헤어졌다. 이러한 상황이 반복되자 누군가를 만나는 일조차 겁난다고 했다. 왜 윤화는 자신의 감정을 드러내지 못하고 어려워하는 것일까?

윤화는 배려심 있는 사람이다. 자신의 감정을 표현하기보다 상대방의 의견을 우선시하고 고민도 다 들어준다. 평화로운 분위기를 선호하는 그린 성향이다. 주변의 갈등을 피하기 위해 자신이 참고 넘어간다. 윤화는 첫 연애 때 자신의 모든 것을 털어놓았다가 헤어진 경험이 있다. 또다시 상처받는 일이 생길까 봐 두려워 마음의 문을 닫고, 언젠간 알아주겠지라고 생각하며 아무런 표현을 하지 않는다. 이러한 패턴이 반복되면 마음속 쌓인 감정들을 풀어낼 곳이 필요하다.

윤화는 나의 마음과 타인의 마음을 각자의 공간으로 구분해야 한다. 연인 사이라도 모든 감정을 공유하고 공감할 수는 없다. 자신이 직접 다스리고 살펴야 하는 조그마한 마음의 공간을 두어야 한다. 지금부터 그 공간을 만들기 위해 과거의 기억은 버리고 새롭게 다시 시작해 보자. '나의 마음은 편안하다'라고 말하며 감정 표현을 연습하자.

그린의 비하인드 스토리

그린은 숲과 자연을 떠오르게 하고, 자연이 주는 휴식을 상징한다. 평화로운 숲의 모습처럼 우리에게 힐링과 에너지를 주며, 인간관계에서 균형을 찾아주는 색이다.

전시에서 만나는 여행지, 요시고

초록빛 바다에서 느긋이 수영하는 모습에 이끌려 많은 사람들이 전시장에 방문했다. 스페인 출신 사진 작가 요시고의 사진전이다. 초록색은 우리에게 휴식과 힐링의 에너지를 주고, 새롭게 시작되는 느낌을 준다.
전시장 문을 열고 들어서면 마치 휴양지에 온 것처럼 그동안 쌓였던 피로가 사라지는 상쾌한 기분이 든다. 전시는 스페인부터 포르투갈, 프랑스의 풍경을 지나 두바이 사막으로 이어진다. 모래로 채워진 전시장 바닥을 걸으며 부다페스트를 지나 미국, 일본, 노스텔지아를 거쳐 그의 대표작인 초록빛 바다 풍경에서 작품은 마무리 된다.
작가의 시선이 담긴 풍경 사진들은 관람객을 그 공간 속으로 빠져들게 만들고, 마치 세계 곳곳을 여행하고 온 듯한 기분을 준다. 여행이 자유롭지 않았던 코로나 시기에 열린 요시고의 전시는 초록색으로 답답했던 마음이 치유되고 여행을 다녀온 듯한 효과를 주며 좋은 반응을 일으켰다.

42890
グリーン

도심 속 휴식, 플랜테리어

노년의 취미로 여겨졌던 식물 키우기가 이제는 플랜테리어라는 이름으로 MZ 세대들의 큰 관심을 받고 있다. 바쁜 생활과 1인 가구가 많아지면서, 자신만의 공간에 초록색이 가득한 휴식 공간을 만들고 있는 것이다. 거주 공간뿐만 아니라 카페, 미용실, 사무실 등에서도 다양한 식물들이 인테리어로 활용되고 있다. 여의도의 한 백화점은 대규모 실내 공원을 조성했고, 강남의 한 빌딩은 층마다 미니 정원을 만들었다. 바쁘고 삭막한 현실에서 초록색이 주는 에너지로 휴식과 재생의 공간이 생겼다. 공공장소에도 휴식 공간이 많아지고 있다. 광화문 광장에는 다양한 꽃과 나무들이 심어져 있고 시원한 물도 흐른다. 뜨거운 햇살만 내리쬐던 광장은 곳곳에 들어선 나무들로 그늘이 생겼고, 직장인들은 이 나무 아래에서 업무 중간 쉬는 시간을 갖는다. 초록색은 지쳐 있는 우리에게 휴식을 주고 균형을 찾아주는 힘을 가지고 있다.

죽음을 부르는 그린

그린은 중세 시대 그림에서 보기 힘든 색이다. 중세의 작가들은 색을 만들어 쓰는 것을 불결하다고 생각했기에 옐로와 블루가 섞인 그린은 다른 색에 비해 뒤늦게 만들어졌기 때문이다.

1775년 스웨덴의 화학자 칼 빌헬름 셸레Carl Wilhelm Scheele가 처음 만들어낸 이 그린은 당시 사회 전반에 폭발적인 반응을 일으켰다. 이후 그림을 그리는 작가들은 물론이고, 의류, 벽지 등 많은 곳에 그린이 사용되었다. 그러나 초기 그린 염료에는 비소와 구리가 지나치게 많이 포함되어 있어 많은 사람들이 중금속 과다 노출로 사망했다. 대표적인 일화가 나폴레옹의 그린 룸이다. 유배를 간 나폴레옹은 커튼부터 벽지, 소파 등 그린으로 꾸며진 공간에서 많은 시간을 보냈다. 이는 그의 사망 원인 중 하나로 지목되었고, 나폴레옹을 비롯한 수많은 사람들이 사망하자 당시 사람들은 그린이 죽음을 부른다고 생각했다.

Blue

컬러테라피로 보는 사랑의 심리학 여섯 번째 색, 블루

이성, 책임, 신뢰, 계획, 사고

논리적이고 이성적으로 신중하게 생각한 후 실행한다. 사전에 계획을 세우고 실수하지 않기 위해 노력한다. 신의를 중요시하고 타인에게 민폐 끼치는 것을 싫어하며 꼭 필요한 말만 간단명료하게 한다.

블루의 강점 _ 책임감, 질서정연, 신중

언제나 흐트러짐 없이 깔끔하고 단정하다. 책임감이 강해서 자신이 맡은 일은 끝까지 완수한다. 논리정연하게 말하는 능력이 있으며, 신뢰를 중요시하기 때문에 약속을 잘 지킨다. 연인을 세심하게 잘 챙기고, 믿음을 갖게 한다.

블루의 약점 _ 긴장, 의사소통, 차가움

매사에 신중함을 유지하다 보면 딱딱하고 차가운 인상을 줄 수 있다. 실수하지 않으려고 스스로를 너무 통제하면 삶의 즐거움을 잃게 된다. 해야 할 말을 참고 혼자 이겨내려 애쓰면 긴장과 스트레스가 높아진다. 연인에게도 자신의 생각과 입장을 말하지 않으면 의사소통에 어려움이 생긴다.

상담#1

꼭 말로 표현해야 돼?

세련되고 단정한 외모를 가진 소미는 친구와의 대화를 들려주며 상담을 시작했다.
"소미야, 그 사람이랑 잘 만나고 있어?"
"아, 소개팅? 며칠 연락하다가 요즘은 안 하길래 나도 따로 안 보냈어. 별로 관심 없나 봐"
"그래? 무슨 일이지? 그 사람이 너 정말 마음에 든다고 했는데 이상하네…"
몇 주전 소미는 친구의 주선으로 소개팅을 했다. 대화도 잘 통했고 분위기도 좋았다. 애프터 신청이 왔고 몇 번의 연락도 주고받았다. 주로 상대방이 보낸 메시지로 이어지던 연락은 점점 뜸해지더니 뚝 끊겼다. 문득 생각나기도 했지만 먼저 하지는 않았다. 그 사람이 바쁘거나 나에게 호감이 없다고 생각했다. 며칠 후 친구에게서 연락이 왔다. 답답한 마음에 친구가 상황을 알아보았나 보다.
"그 사람은 네가 너무 마음에 들고 잘 통한다고 생각했는데, 오히려 네가 자기를 마음에 안 들어 하는 것 같아서 부담스러울까 봐 안 한 거래! 너 또 전처럼 물어보는 말에 또박또박 네, 아니요 이런 식으로 답한 거 아니야? 네가 마음에 들면 먼저 안부도 묻고 표현을 좀 해봐. 말을 안 하는데 상대방이 어떻게 알겠어? 아우 답답해!"

친구의 전화를 끊고 가만히 생각에 빠졌다. '그 사람이 그렇게 생각했다고? 내가 표현이 적었나?' 소미의 연애 패턴은 늘 이랬다. 언제나 상대방이 먼저 연락했고, 데이트나 여행 계획도 상대가 골라 온 것을 선택하기만 했다. 살갑게 먼저 연락을 하거나 안부도 묻지 않았다. 가끔은 보고 싶기도 하고, 먼저 연락을 하고 싶을 때도 있었지만 상대방이 바쁠 수도 있다 생각해서 핸드폰을 들었다가 다시 내려놓았다.

애교 섞인 사랑 표현은 왠지 오글거렸다. 표현하지 않아도 상대방이 내 마음을 알아줄 것이라 생각했다. 연애보다 일에 집중해서 살다 보니 30대가 되어서는 유독 더 그랬다. 업무적인 대화와 논리정연하고 딱딱한 언어를 많이 사용하면서 감정 표현은 더 어색해져만 갔다. 왜 소미는 상대방과 연락을 주고받는 게 어려운 것일까?

소미는 언제나 자신의 일에 책임을 다하고 이성적으로 생각한다. 이러한 성격은 블루의 성향과 일치한다. 말을 함부로 하지 않고 신중하게 꼭 필요한 말만 하며, 말보다 행동으로 보여준다. 그러나 말로 표현하지 않으면 상대방은 알지 못한다.

소미는 자신의 생각과 의견을 말로 표현하는 연습이 필요하다. 말 안 해도 알아주겠지라는 생각을 버리고 실제로 소리 내어 말을 해보자. 사소한 이야기를 자주 하다 보면 심각한 이야기도 편안하게 할 수 있어진다. '내가 모든 것을 책임지지 않아도 돼' '별거 아닌 이야기야'라고 되뇌며 말하는 것을 쉽게 만들어 보자.

상담#2

빡빡한 여행 계획

상하와 효진은 이탈리아 로마로 여름휴가를 계획했다.
"로마에 가면 어디 갈 거야?"
"일단 콜로세움에 가고, 콘스탄티누스 개선문도 보고, 베네치아 광장, 판테온… 가야 할 곳이 너무 많아. 검색해 보고 알려줄게"
효진의 말을 듣던 상하는 들고 있던 아이스크림 스푼을 내려놓지도 못한 채 굳어버렸다.
"관광지를 전부 다 갈 생각이야? 여행은 쉬면서 주변을 천천히 둘러봐야지. 듣기만 해도 숨이 막히는 것 같네…"
연애 초기, 꼼꼼하고 계획적인 효진의 성격은 아주 큰 매력이었다. 자주 덤벙거리고 즉흥적인 상하와는 달리 늘 진중하고 실수가 없었다. 데이트를 할 때에도 교통편부터 즐길거리, 식사시간까지 미리 사전조사를 마쳐 그저 따라가기만 하면 되었다. 효진은 약속시간에 늦은 적이 단 한 번도 없었고, 상하가 놓치는 부분까지 섬세하게 챙겨주었다. 하지만 함께 하는 시간이 길어지자, 이는 곧 불편함이 되었다.
이탈리아 여행은 예상대로 빡빡한 스케줄이었다. 출발과 동시에 둘은 부딪히기 시작했다. 체크인 1시간 전부터 기다리고 있던 효진은 딱 맞게 도착한 상하에게 날이 선 말투로 늦지 않게 다니라고 면박을 주고, 로마공항에 도착하자마자 재촉하기 바빴다.
“시내 가는 기차 놓치기 전에 빨리 가야 해. 한눈팔지 말고 따라와”
숙소에 도착해서 짐을 풀기가 무섭게 효진은 미리 짜온 계획표를 보며 말했다.
“일단 하루를 그냥 보내면 아쉬우니까 콜로세움 보러 가자, 콜로세움 보고 시간 되면 그 옆에 성당도 보고 오자”
“우리 밥은 언제 먹어? 나 배고픈데. 로마에 왔으니 일단 커피 한잔하면서 본토의 피자 맛을 느껴봐야 하지 않을까?”
“일단 콜로세움부터 가고, 그 근처 아무 데서 간단히 먹으면서 성당을 가자. 오늘 최대한 관광해야 내일 더 많이 볼 수 있어”
효진의 철두철미한 여행 계획은 첫째 날뿐만 아니라 둘째 날, 셋째 날에도 이어졌다. 셋째 날 이른 아침, 숙소 근처 카페를 다녀온 상하가 설레는 표정으로 말했다.
“카페에서 주인이랑 보디랭귀지로 얘기 나눠 봤는데, 여기 근처 현지인들이 가는 맛집이랑 시장이 있대! 우리 오늘은 거기 가보자. 관광지는 누구나 다 가는 곳이고 이런 로컬을 봐야 이탈리아 문화를 느낄 수 있잖아"
상하의 말을 듣는 둥 마는 둥 하던 효진은 이내 지도와 계획표를 찾아보며 말했다.
"오늘은 트레비 분수, 판테온, 스페인 광장에 가야 해. 그리고 베네치아로 넘어갈 준비해야 되니까 그럴 시간 없어"
상하는 인상을 쓰며 말했다.
"여유 있게 다니면 안 돼? 왜 꼭 모든 관광지를 다 보고 가야만 한다고 생각하는 거야? 다음에 보면 되는 거지, 좀 느긋하게"
상하의 말을 딱 자르며 효진은 말했다.
"우리가 언제 여기 또 올 수 있을 거라 생각해? 다시 못 올 수도 있어 그러니까 최대한 많이 보고 가야지. 다음에 북유럽이나 스페인 가려면 계획적으로 움직여야 해. 너처럼 동네 시장이나 갈 거면 우리가 왜 비행기 타고 여기까지 왔겠어?"
차가운 말투에 상하는 더 이상 말을 이어갈 수가 없었다. 왜 효진은 이토록 계획적인 여행을 하면서 상하도 함께하길 바라는 것일까?

진단

효진은 모든 일이 계획대로 진행되길 바란다. 여행도 마찬가지다. 시간과 비용을 투자해서 먼 곳까지 왔기 때문에 사전에 준비한 일정을 모두 마치고 싶은 것이다. 평상시에도 할 수 있는 일들을 여행까지 와서 한다는 것은 시간 낭비라고 생각한다. 블루의 계획적이고 이성적인 성향과 일치한다. 실수하거나 흐트러지지 않으려고 사전에 철두철미하게 준비한다. 이렇게 되면 즐기는 여행이 아니라 일처럼, 임무처럼 여행을 하게 된다. 혼자만의 여행이 아닐 경우엔 특히 함께한 사람의 마음을 헤아려서 조금은 느슨해져야 한다. 일과 여행을 구분해서 여행은 조금 여유로워도 괜찮다는 마음이 필요하다.

치유를 위한 처방

효진은 휴식 시간을 온전히 편안하게 보낼 수 있어야 한다. 일할 때와 쉴 때를 정확히 구분해서 휴식할 때에는 아무 생각 없이 보내는 훈련이 필요하다. '지금은 아무것도 하지 않아도 돼' '나는 쉬고 있는 거야'라고 스스로에게 말하며 느슨해지자. 계획 없이 그냥 끌리는 대로 해보자. 즉흥적으로 행동하는 것도 충분히 즐겁다는 것을 알게 될 것이다.

상담#3

굳게 닫힌 입, 차가워진 눈빛

"싸우고 말을 안 한 지 2주째예요. 결혼하기 전에는 이렇게까지 오랫동안 말을 안 한 적은 없었어요"

이제 막 결혼을 한 연우와 성재는 치열한 신혼생활을 하고 있다. 2년간 연애를 하면서 서로를 알만큼 다 안다고 생각했는데, 막상 살아보니 너무 다른 모습들을 발견하고 있다. 깔끔하고 정리 정돈을 잘 하는 성재에 비해 연우는 정리하는 것을 어려워했다. 반대로 어떤 일이 생겼을 때 연우는 바로바로 해결하지만 성재는 한참이 지나서야 방법을 찾아내는 성격이었다.

더위가 절정에 이른 어느 날, 둘은 외출을 위해 차에 올라탔다. 시동을 걸고 에어컨 바람이 차가워지길 기다렸지만 한참이 지나도 시원한 바람이 나오지 않았다.

"에어컨 고장 났나 봐. 이렇게 더운데 어쩌지? 정비소 보이면 아무 데나 들어가자. 빨리 고쳐야지"

연우의 다급한 목소리에도 성재는 큰 반응 없이 에어컨을 만지작거렸다.
"일단 하나씩 다 확인해 보고, 안 되는 부분을 정확히 알아봐야 돼. 그리고 아무 정비소나 가면 안 되고 정식 인증된 정비소에 가야 정품으로 고칠 수 있어. 내가 알아보고 할 테니까 너무 성급하게 하지 말자"
"이렇게 더운데 언제 그걸 다 알아보고 고친다는 거야, 지금 몇 도인지 알아? 35도야! 빨리빨리 고쳐야지"
"알겠는데, 그래도 천천히 알아보고 하면 안 돼?"
"정비소 저기 있다! 빨리 들어가!"
연우의 성화에 결국 지나가는 길에 있던 정비소로 들어가 급하게 필터 교체를 진행했다. 그러나 한참 뒤 에어컨이 또다시 작동하지 않았고, 다음 날 성재는 정식 서비스 센터에 차를 맡겼다. 이튿날 아침, 성재에게서 문자가 왔다.
'정비소 점검 결과 나왔어. 에어컨 필터는 한 달 전 새걸로 교체했었고, 이번 결함은 필터의 문제가 아닌 접촉 프로그램 불량이래. 어제 22,000원을 낭비한 거야. 내가 하루만 좀 참고, 인증된 정비소에서 점검받자고 3번이나 말했는데 넌 내 말을 듣지도 않았어. 생각이란 걸 좀 하고 행동했으면 좋겠다'
그날 이후 성재는 연우에게 눈길도 주지 않았고, 대화도 하지 않았다. 그렇게 2주가 흘러 기다리다 지친 연우는 식탁에 앉아 커피를 마시던 성재의 맞은편에 앉았다. 화를 풀어보려 사랑을 가득 담아 말을 건넸지만 여전히 묵묵부답이었다.

"연애할 때는 제가 옆에 딱 붙어서 사랑한다 말하고 웃으면 '으이구'하면서 저를 안아줬어요. 그러면 그게 화해하자는 신호였는데 이번에는 좀처럼 풀리지가 않아요. 성재가 말을 안 하는 게 너무 답답하고 이제는 저도 화가 날 것 같아요. 이 일이 이렇게까지 화낼 일인가요?"

왜 성재는 연우와 대화를 하지 않고, 눈길조차 주지 않는 방식으로 화를 표현하는 것일까?

성재는 문제가 발생했을 때 대체로 차분한 상태에서 어디서부터 잘못된 건지 하나하나 분석한다. 원인을 찾고 차근차근 해결하는 성격이다. 들뜨거나 성급하게 행동하기보다는 침착하게 생각하는 블루의 성향이다. 이성적이고 논리적인 사고로 해결 방법을 모색하고, 신중하게 원인을 찾아 핵심만을 말한다. 하지만 자신의 의견이 받아들여지지 않거나 그로 인해 문제 해결이 제대로 되지 않았을 때는 스트레스를 받는다. 혼자만의 생각에서 빠져나와 연인과 의견을 나누고, 가벼워질 수 있는 방법을 찾는 게 좋다.

성재는 자신의 스트레스를 상대에게 말하는 것이 필요하다. 자신이 기분 나쁜 이유와 상대에게 바라는 것을 공유해야 한다. 참기만 하면 언젠가는 더 크게 폭발하기 때문에 바로바로 표현하는 것이 좋다. '나의 기분을 말하자' '상대방과 함께 이야기하면 돼'라고 스스로에게 주문을 걸어보자. 스트레스로부터 벗어나 어깨가 가벼워지고 머리가 상쾌해질 것이다.

블루의 비하인드 스토리

블루는 하늘과 바다의 색이다. 한없이 높고 넓은 하늘과 바다를 보고 있으면 우리의 마음도 뻥 뚫리는 기분이 든다. 머릿속의 잡념과 어깨의 긴장이 블루 속으로 시원하게 사라지는 느낌이다.

블루는 평온함을 유지하게 해주며, 묵묵히 자신의 일을 해내는 책임감을 상징한다. 신뢰를 중요하게 여기기 때문에 한 번 정한 약속은 꼭 지키려고 애쓴다.

여성 사회 교육운동,
블루스타킹

변화하는 사회의 중심에서 자신의 역할을 하고 있는 여성들을 '블루스타킹'이라 부른다.
영국 사교계에서 문학과 학문에 관심이 많은 여성들을 '조롱'하기 위해 쓰였던 블루스타킹은 1750년대 초 엘리자베스 몬터규Elizabeth Montagu와 엘리자베스 베시Elizabeth Vesey가 창시했다. 이때 당시만 해도 교육은 남성만의 특권이었고, 여성은 바느질 같은 기술만 배울 수 있었다. 이 '블루스타킹'의 회원들은 여성교육을 옹호하며 사회적 위치에 불만을 표현하였고, 문학과 예술의 교육 토론 모임을 엘리자베스 몬터규의 살롱에서 열었다. 그곳에는 여성뿐만 아니라 교양 있는 남성들도 참석했는데, 그때 한 남성이 즐겨 입던 스타킹을 빗대어 블루스타킹으로 부르기 시작했다.
당시 실크로 만든 '블랙'스타킹이 정장 드레스에 착용하는 격식 있는 옷이었다면, 블루스타킹은 모직으로 만들어져 훨씬 저렴하고 사회의 분위기와 맞지 않는 옷이었다. 여성

교육을 반대하는 사람들이 그들을 비하하며 부르기에 제격인 단어였다.

하지만 현재 역사가들은 18세기 말까지 이어진 블루스타킹 활동이 페미니즘을 발전시키는 의미 있는 역할을 했다고 말한다.

가성비 좋은 맛집 데이트,
블루리본 서베이

광화문의 좁은 골목길을 따라 걷다 보면 블루리본 서베이 마크가 있는 가게들을 볼 수 있다. 사람들은 이 마크를 보면 '여기가 맛있는 집이구나'라고 생각하며 자연스럽게 문을 열고 들어간다. 블루리본 서베이는 2005년에 시작된 한국 최초의 맛집 안내서로, 30,000여 명의 독자와 전문가들의 평가로 선정된다. 프랑스 미쉐린 가이드의 레드 마크처럼, 블루리본 서베이는 블루 마크를 붙여 맛집을 인증하고 있다.

사람들은 매번 가기엔 부담스러운 미쉐린 가이드 대신 맛도 좋고 가성비도 좋은 블루리본 서베이를 찾는다. 블루는 우리의 일상을 차분하게 만들어 주어 이성적인 판단을 할 수 있게 만든다. 블루의 속성처럼 자주 갈 수 있고 부담스럽지 않은 곳, 그리고 맛이 검증된 곳이 필요할 때 블루리본 서베이를 찾게 되는 것이다.

블루시티 쉐프샤오엔

모로코 북서부에 위치한 쉐프샤오엔Chefchaouen에 가면 온 세상이 파랗게 변한다. 동화 속에 와 있는 듯한 신비로운 느낌을 주는 이곳은 1930년대 스페인의 지배와 기독교 박해를 받던 유대인들이 모여 형성된 마을이다. 골목과 계단, 대문 심지어 길거리 택시까지 모두 파란색으로 되어 있어 스머프 마을이라고도 불린다. 신에게 지켜달라는 의미로 신성하게 여기는 파란색을 칠하면서 형성된 이곳은 현재 모로코에서 가장 아름다운 곳으로 손 꼽히며, 전 세계인들에게 인기 있는 여행지가 되었다.
많은 사람들이 좋아하는 파란색은 시원함과 안정감을 주며, 어디에서나 튀지 않고 잘 어우러진다. 또 일상 속 스트레스와 긴장을 해소하고 평온함을 되찾게 도와준다. 쉐프샤오엔이 많은 여행객들에게 사랑받는 이유도 파란색을 보며 복잡한 생각을 비우고, 마음이 고요해지도록 치유되기 때문일 것이다.

Royal

Blue

컬러테라피로 보는 사랑의 심리학 일곱 번째 색, 로열블루

통찰력, 진실, 신념, 고차원

우주를 연상시키는 색으로 생각이 깊고 신비롭다. 신념이 강하고 진실을 중요시한다. 통찰력과 예지력이 강해서 고차원적인 영역에 관심이 많다. 직관이 발달되어서 보이지 않는 것에 대해 느끼는 감각이 높다.

로열블루의 강점 _ 정의로운, 강한 주관

주관이 강해서 옳다고 느끼는 일에 모든 것을 쏟아붓는다. 한 번 시작한 일은 전문가 수준이 될 때까지 해내는 강한 집념이 있다. 투철한 정의감으로 불의에 맞서 싸운다. 연인과의 관계에서 서로의 신념과 진실은 어떤 상황에서든 꼭 지킨다.

로얄블루의 약점 _ 지나친 몰두, 고립

한 번 마음먹은 일에 빠져버리면 혼자만의 세상으로 고립될 가능성이 높다. 지나치게 몰두하여 연인을 외롭게 만들 수 있다.

게임에서 만나

오늘도 두솔은 전화를 받지 않는다. 여러 번 전화를 하던 환희는 이내 포기를 하고 한숨을 내쉰다. 짜증이 가득한 채 책상 앞에 앉아 컴퓨터를 켰다. 두솔이 즐겨 하는 게임을 열고 헤드셋을 머리에 걸쳤다. 역시나 게임을 하고 있다. 이미 진행 중인 게임을 기다리며 채팅으로 말을 걸어보지만, 게임 속에서 열심히 작전 수행 중이니 알아챌 리가 없다. 내내 모니터를 보고 있던 환희는 게임이 끝나자마자 바로 말을 걸었다.

"내가 매번 게임에 들어와야만 대화를 할 수 있는 건가?"

"나 찾았어? 왜? 문자 남겨놓지. 끝나고 확인할 텐데"

"오늘이 무슨 요일인지 알고는 있어? 언제부터 이러고 있는 거야?"

"특별한 날인가? 주말이지 뭐"

"우리 오늘 뮤지컬 보러 가기로 했잖아. 전화도 안 받고 문자 확인도 안 하고 몇 시간 동안 게임만 하고 있으면 어떡해?"

"미안, 집중하느라 몰랐어. 회사에서 받은 스트레스 좀 풀려고 했는데 벌써 시간이 이렇게 흘렀네"

두솔은 여러 사람들과 어울려 다니는 것보다 혼자 집에서 조용히 취미를 즐긴다. 그중에서도 게임을 가장 즐겨 하는데, 문제는 한 번 시작하면 시간 가는 줄을 모른다는 것이다. 어느 날은 걷기 불편할 정도로 고관절이 아프다 하여 환희와 함께 병원을 찾았다. 문진을 하던 의사가 고개를 들고 씩 웃으며 말했다.

"게임 좋아하세요?" 의사의 물음에 환희가 대신 답했다.

"몇 날 며칠 가만히 앉아서 게임만 하기도 해요"

"적당히 하세요. 오래 앉아 계셨나 보네. 엑스레이 찍을 필요도 없어요. 근 이완제, 진통제 처방해 드릴 테니 1시간에 한 번씩 일어나서 스트레칭하세요"

이 정도로 게임에 빠지다 보니 환희의 불만은 점점 쌓여만 갔다. 오늘은 게임 때문에 데이트 약속도 까맣게 잊어버렸다. 왜 두솔은 한 번 게임을 시작하면 모든 것을 잊어버리는 것일까?

진단

두솔은 쉴 때 게임을 즐긴다. 환희의 전화나 기다림을 신경 쓰지 않은 채, 게임에 푹 빠져 한없이 집중한다. 이는 깊은 바다를 상징하는 로열블루 에너지와 일치한다. 바닷속으로 끝없이 내려가게 되면 어느새 주변에 아무것도 없는 것처럼, 세상으로부터 고립되지 않게 주변을 살피려는 노력이 필요하다.

치유를 위한 처방

두솔은 밖에서 사람들과 어울리는 취미를 만들어야 한다. 혼자만의 세계에서 빠져나와 다른 사람들은 어떤 생활을 즐기는지 살펴보고 함께 해봐야 한다. 타인과 함께 보내는 시간도 혼자 보내는 시간 만큼 중요하다. '나는 사람들과 만나는 것이 즐겁다' '다양한 분야도 재밌다'라고 스스로에게 주문을 걸어라. 조금씩 외부 활동을 하게 될 것이다.

둘러서 얘기해 주면 안 돼?

"애인의 말에 가끔 상처를 받아요. 그런데 사실이기도 하니까 반박할 수는 없어요" 결혼을 앞두고 있는 지우와 주영은 결혼 전 서로를 조금 더 이해하기 위해 상담실을 찾아왔다.

"연애 초기에 예쁘게 보이고 싶어서 새로 산 원피스를 입고 갔어요. 그런데 첫 마디가 '팔뚝이 짧고 오동통하니 귀엽다'였어요. 콤플렉스를 감추지 말라는 기사를 보고 용기 내서 입고 간 건데 보자마자 팔에 대한 말을 하니 기분이 좀 나쁘더라고요. 그런데 또 사실이기도 해서 할 말도 없고 민망했어요"

발갛게 상기된 얼굴로 이야기하는 지우의 모습을 보고 있던 주영은 옅은 미소를 지으며 말했다.

"저는 진짜 귀여웠어요. 사실 그 원피스가 안 어울리긴 했는데, 용기 내어 입고 온 건지 어쩔 줄 모르고 우왕좌왕하는 모습이 참 귀엽더라고요. 지우 표정이 안 좋아 보였는데 영문을 몰라서 의아했었습니다"

이 둘은 지난 3년간 연애를 하며 이런 비슷한 상황이 종종 있었다고 한다.

몇 년 전, 지우가 회사 동료와 함께 큰 프로젝트를 맡았던 적이 있는데 동료의 실수로 곤란한 상황이 발생했었다. 힘들었던 그때 상황을 떠올리며 주영에게 이런 일이 있었다고 말하자 "그때 네가 한 번 더 체크했으면 안 놓쳤겠지"라고 답했었다. 또, 둘이 자주 가던 카페 직원이 오늘따라 불친절한 것 같다고 말하자 "평소와 별반 다르지 않은데? 네가 생리 전 증후군으로 예민한 것 같아"라고 답해서 할 말이 없었다고 한다.

연달아서 서운했던 상황들을 이야기하며 지우와 주영은 언성이 높아지기 시작했다.

"내가 사실이 아닌 걸 말하지는 않았어. 어느 부분에서 네가 섭섭한 건지 이해가 안 가. 원피스는 너의 단점을 부각시켰고, 프로젝트는 여러 번 체크해야 하는 게 맞고, 네가 생리 전에 기분이 오락가락하는 것도 다 사실이잖아"

"그래! 네 말이 다 맞아! 근데 그 말들이 서운하다는 거야. 공감까지는 바라지도 않으니까 상담 선생님처럼 좀 부드럽게 둘러서 얘기해 주면 안 돼?"

왜 주영은 상대가 무안해지는 말을 거침없이 하는 것일까?

진단

주영은 지우의 외모나 행동을 있는 그대로 말한다. 듣는 사람의 기분을 미처 생각하지 못하고 그 순간의 느낌을 꾸밈없이 말한다. 이러한 행동은 진실을 상징하는 로열블루의 에너지와 일치한다. 이들은 상호 간에 믿음과 신념이 통한다고 느낄 때만 진실을 주고받는다. 하지만 너무 직설적으로 말하면 받는 사람은 다른 감정을 느낄 수 있으므로, 조금은 우회하여 표현하는 것이 적절하다.

주영은 말하기 전에 상대의 입장에서 생각해 봐야 한다. 사실을 말하는 것이 듣는 사람에게는 어떤 감정을 주게 될지 생각해 보자. '내가 꼭 사실을 말할 필요가 있을까?'라는 질문을 스스로에게 던져보자. 해야 할 말과 하지 말아야 할 말을 구별할 수 있을 것이다. 꼭 해야 할 말이라면 상대의 감정이 상하지 않도록 양해를 구하고 말해라. 오해받는 일이 없어질 것이다.

상담#3

차 세워!

"차 세워!" 한결은 차가운 목소리로 희철에게 말했다. 한결의 단호한 모습에도 은근슬쩍 넘어가려는 듯 희철은 운전을 계속했다. 마침 빨간 신호에 걸려 정차한 차 문을 열고 한결이 내렸다. 뒤도 돌아보지 않고 반대 방향으로 거침없이 걸어갔다. 당황한 희철은 놀란 토끼 눈을 하고 한결의 뒷모습을 멍하니 바라만 보고 있었다. 뒤차의 경적 소리에 정신이 들어 다급한 마음으로 쫓아갔지만 보이지 않았다. 도대체 어느 부분에서 화가 난 건지 짐작할 수 없었다.

"저는 당황스러웠죠. 왜 화가 났는지도 모르겠고 행사장에도 안 나타나고, 집에도 가봤는데 없었어요. 걱정돼서 신고라도 해야 하나 싶을 때 즈음 집에 들어오더라고요. 그런데 아직까지 왜 화가 났는지 말을 안 해요. 이런 일이 한두 번도 아니고 앞으로 계속 같이 살 텐데 너무 답답해서 찾아왔습니다"

상담실 소파에 앉아 희철이 하는 말을 조용히 듣고 있던 한결이 드디어 입을 열었다.

"회사에서 진행하는 행사를 가던 길이었어요. 제가 주관한 행사는 아니었지만 중요한 행사였고 오래전부터 부탁했어요. 여러 사람들에게 인사하게 될 수 있으니 다른 약속 잡지 말고, 최대한 단정한 모습으로 시간 잘 지켜달라고 했죠. 그런데 제 부탁은 단 하나도 신경 쓰지 않은 모습이었어요"

그날 아침 한결은 아파트 앞에서 희철의 차가 오길 기다리고 있었다. 멀리서 다가오는 희철의 차는 어제 친구들과 캠핑을 다녀온 모습 그대로 세차가 되어있지 않았다. 차에 타니 주유 경고등에 불이 들어와 있고, 어젯밤 음주의 흔적으로 술 냄새가 가득했다. 한결이 미리 코디해 준 옷을 그대로 입긴 했으나, 머리는 흐트러져 있고 눈은 벌겋게 충혈되어 있었다. 한결은 실망스러운 희철의 모습을 보고 입을 다물었지만, 이를 알아채지 못한 희철은 신나서 연신 떠들어댔다. 한계치에 다다른 한결은 행사에 갈 수 없다고 판단했고, 차에 탄 지 10분도 안되어 차에서 내려버린 것이다.

왜 한결은 아무 말도 하지 않고 사라져버린 것일까?

진단

한결은 희철에게 중요한 행사를 미리 알려주고, 단정한 차림도 강조한다. 많은 사람들에게 깔끔하고 품위 있어 보이고 싶은 것이다. 로열블루의 성향처럼 누군가로부터 흠 잡히거나 좋지 않은 말들이 생기는 것을 싫어한다. 애쓰지 않아도 존재 자체로 진중하고 권위 있어 보이고 싶고, 사소한 일들로 불필요한 잡음을 만드는 걸 극도로 싫어한다. 하지만 고급스럽고 품격 있는 것을 지나치게 강조하게 되면, 상대방의 실수를 용납하지 못하고 갈등을 만들어낼 수 있다. 지켜야 할 품위를 지키지 못했을 때 회피하는 대신 잠시 멈추어서 조정하거나 해결할 방안을 찾는 순발력이 필요하다.

한결은 약속이 지켜지지 않았을 때 유연하게 대처하는 요령이 필요하다. 살아가는 방식과 규칙은 사람마다 조금씩 다를 수 있다는 것을 알아야 한다. 삶에서 중요한 것, 지켜야 할 것이 모두 다양하다는 사실을 기억하고 규칙을 지키지 않은 사람을 바라보는 시각에 유연함을 가져야 한다. '나는 타인의 실수를 잘 이해하고 넘어간다' '조금은 흐트러져도 괜찮아'라고 반복해서 말해보자. 아무 문제도 일어나지 않는다는 것을 알게 될 것이다.

로열블루의 비하인드 스토리

로열블루는 '인디고'라고도 불리는 짙은 파란색을 일컫는다. 우주 속 고요함과 신비로움을 내포하고 있는 로열블루는 제3의 눈 차크라를 활성화 시켜 예지력과 통찰력을 강화시킨다. 일반 사람들이 보지 못하는 차원의 것을 보거나 찰나의 순간에 직관을 발휘하는 능력을 내포하고 있다. 진실한 힘과 강한 신념으로 절대 권위를 발휘하는 색이다.

청바지 염료로 사용되는 인디고페라

우리가 항상 입는 청바지 염료인 인디고는 어디서 온 것일까? 바로 식물 인디고페라 틴토리아Indigofera tinctoria에서 채취한 색이다.

황금 작물이라고 불리는 인디고 재배를 성공시킨 엘리자 루카스는 사우스캐롤라이나주의 영웅이다. 그녀는 18세기 즈음부터 인디고를 재배하기 위해 노력했지만 계속해서 실패했었다. 그러다 1744년 네 번째 시도만에 인디고 수확에 성공했고, 약 100년 후 사업가 제이콥 데이비스와 리바이 스트라우스가 인디고 염료를 청바지 염색에 사용하며 널리 쓰이기 시작했다.

모로코의 마조렐 블루와 이브 생 로랑의 마조렐 정원

모로코 마라케시의 마조렐 정원은 짙고 청명한 로열블루가 밝게 빛나는 신비로운 정원이다. 어둡게만 느껴졌던 색이 화사하게 우리의 마음을 정화시켜 주고, 푸르름과 뒤섞인 아름다운 광경은 사람들에게 놀라움을 선사한다. 이 정원은 프랑스 화가 자크 마조렐Jacques Majorelle이 약 40여 년이라는 시간을 들여 완성한 곳이다.

그는 마라케시 타일에서 영감을 얻어, 로열블루의 특별한 색조를 정원과 건물 등에 과감하게 사용했다. 이 신비롭고 멋진 블루는 마조렐 블루라는 이름까지 얻게 되었고, 1966년 그곳을 방문한 프랑스 디자이너 이브 생 로랑에게 엄청난 영감을 주었다. 아마 로열블루의 신비로운 에너지가 그의 통찰력과 예지력을 강화시켰을 것이다. 그 후 1980년 이브 생 로랑이 연인이자 동료인 피에르 베르제와 함께 마조렐 정원을 매입하여, 현재는 이브 생 로랑의 집으로 불린다.

로열블루의 비하인드 스토리

인디고 칠드런

미국의 정신과 의사 R. 시글 연구에 따르면, 나바호 인디언 부족은 특유의 심령적 능력을 가진 아이들이 있고, 시간이 흐르면서 나바호 부족뿐만 아니라 전 세계에 있는 여러 아이들에게도 이와 같은 특징이 나타났다고 주장했다. 또한 그 아이들 주위에는 진한 인디고 기운이 감돌며, 이 특별한 능력을 가진 아이들을 '인디고 칠드런Indigo Children'이라고 칭했다. 그는 성격과 특징, 공통점 등을 자세히 정의하여, 지금까지 아동 정신병으로 취급받던 여러 증상들이 일부 아이들에게는 정신병이 아닐 수도 있다고 덧붙였다.

당시 사회에서 정신문제아로 진단받은 아이들 대다수는 학교에서 교사의 말에 집중하지 못한다는 특징이 있었다. 그러나 집중을 못 하는 아이들은 음악이나 미술 등의 분야에 특출난 천재성을 보였고, 인류의 삶을 크게 바꾼 발명가 에디슨도 이러한 유형에 속했다. 그 아이들은 왜 공부해야 하는지 이유를 찾지 못하여 겉돌았고, 단지 겉돌다 보니 사회로부터 소외된 특별한 능력을 가진 아이들이었다.

오늘날 중국과 동유럽의 일부 국가에서는 이러한 인디고 칠드런을 엄선하여 정부 차원에서 영재교육을 시키고 있고, 몇몇은 간단한 훈련으로 원거리 투시나 텔레파시 같은 초능력을 발휘할 수 있다고 한다. 또한 이들 중 상당수는 전생을 생생하게 기억하고 있다고 밝혀 놀라움을 주었다.

인디고는 통찰력과 직관력의 에너지를 가지고 있다. 제3의 눈 차크라를 강화시키는 힘이 있기 때문에 초자연적인 능력을 가진 아이들에게 '인디고'라는 별칭을 붙였을 것이다.

왕실을 대표하는 색

로열블루는 프랑스 여왕의 드레스를 만들기 위해 개발된 색이다. 제비꽃에서 추출했을 거라는 속설이 유력한 이 색은 루이 14세가 황실을 대표하는 색으로 지정하여 왕실이나 왕가의 여성들 옷에 주로 활용되었고, 일반 서민들은 사용할 수 없었다.

옆나라 영국에서는 왕실 관복 색으로 로열블루를 사용한다. 다이애나 전 왕세자비가 꼈던 약혼반지 보석 색도 로열블루다. 윌리엄 왕자가 이 약혼반지를 다시 케이트 왕세자비한테 건네주며 세계인의 이목을 또 한 번 집중시켰었다.

로열블루가 권위를 상징하는 색이라는 것은 두 나라의 사례로 충분히 알 수 있다.

버블 호텔

사막 한가운데에 호텔이 있다는 것도 신기한 일인데, 누워서 쏟아지는 별들을 보며 잘 수 있다는 것은 상상만으로도 가슴 벅찬 일이다. 이 미지의 세계에서 하늘을 하염없이 바라보고 높은 곳을 향해 꿈꾸는 모든 것들은 밤하늘, 별, 우주를 상징하는 로열블루의 신비로운 에너지와 연결된다. 세계에서 규모가 가장 큰 버블 호텔은 스페인 아이레 데 바르데나스 자연보호구역 근처에 있다. 광활한 자연 풍경과 강한 햇빛을 피해 북동부 방향으로 설치된 룸들은 아늑한 느낌을 준다. 요르단에 위치한 와디 럼 나이트 럭셔리 캠프에서는 끝없이 펼쳐진 사막 풍경을 바라볼 수 있다. 밤에는 수많은 별들도 볼 수 있는 이곳은 우주에 온 듯한 신비로운 경험을 선사한다. 어디로 가야 할지 막막하고 앞이 보이지 않을 때, 로열블루가 주는 치유의 에너지로 나아갈 방향도 찾고 깊은 내면의 세계로 들어갈 수 있게 된다.

Violet

컬러테라피로 보는
사랑의 심리학 여덟 번째 색,
바이올렛

봉사, 예술성, 이상추구, 정신력, 영성

현실과 이상사이의 균형을 이룬다. 물질적인 것보다는 정신적인 것에 초점이 맞춰져 있다. 독특함과 완벽을 추구하고, 삶의 가치를 중요시한다.

바이올렛의 강점 _ 품위, 고귀, 완벽, 예술성

고귀하고 우아한 품위를 풍긴다. 영성이 높고 봉사심을 가지고 있어 연인과 소울메이트가 될 수 있다.

바이올렛의 약점 _ 비현실성, 높은 기준, 괴리감

높은 이상을 추구하다 보면 현실로부터 멀어지고, 실현 가능성이 낮은 것에 빠진다. 자신이 완벽하다는 생각에 휩싸이면 통제적으로 변할 수 있고, 연인에게 자신의 기준을 강요하며 점점 괴리감을 줄 수 있다.

상담#1

목소리 좀 줄여

데이트할 때마다 연수는 매번 보현에게 끝없는 지적을 받는다. 설레는 마음으로 나가도 번번이 상처만 받고 돌아온다. 오늘도 연수는 보현에게 속상한 일을 털어놓았다. 당시의 억울한 상황을 설명하다 보니 점점 감정이 격해지며 목소리가 커졌다. 그러자 말이 채 끝나기도 전에 보현이 인상을 찌푸리며 쏘아붙였다.

"목소리 좀 줄여. 사람들 많잖아"

애초에 공감을 바랐던 자신을 탓하며 연수는 입을 닫았다.

둘은 미술 역사 동호회에서 처음 만났다. 차분한 목소리로 사람들의 질문에 척척 대답하고 모르는 게 없는 보현의 모습에 연수는 호감을 느꼈다. 동호회에 열심히 참석하여 바라던 연인이 되었지만 둘의 사이는 크게 달라지지 않았다. 함께 전시를 보고 보현이 말해주는 미술 역사 이야기를 들었다.

그러던 어느 날 문득 연수는 보현과의 관계가 연인보다는 마치 선생님과 학생 같다는 생각이 들었다. 늘 무언가를 설명하고 가르쳤고, 연수가 하는 행동들이 마음에 안 들면 보현은 정색하고 한마디씩 했다.
"그렇게 걷지 마, 가벼워 보여"
"너 말투가 너무 공격적이야. 부드럽게 말해"
"교양 없어 보여"
"머플러가 오늘 옷이랑 안 어울려"
반복되는 지적에 연수는 지쳐갔다. 왜 보현은 늘 설명하고 가르치려 하는 것일까?

진단

보현의 차분한 목소리와 예술 지식은 사람들에게 고귀함과 우아함을 전달한다. 현실과 이상의 균형을 이루는 바이올렛 성향이다. 이들은 이상을 추구하여 아주 사소한 분야뿐만 아니라 고차원적인 분야까지 모두 이해하고 있어 어느 곳에서든 잘 어우러진다. 하지만 연애를 할 때 이러한 성향은 파트너에게 부담을 줄 수 있다. 연인에게 자신의 기준을 바라게 되면, 상대는 사랑을 느끼기보다는 괴리감을 느낄 수 있기 때문이다. 바이올렛 성향은 연인을 자신의 이상에 맞추기보다 자신이 연인의 기준에 맞추는 연습이 필요하다. 사랑은 생각보다 표현으로 전달되는 것이다.

보현은 자신의 기준을 남에게 강요해서는 안 되고, 스스로의 기준도 낮추어야 한다. 사랑하는 사람과 눈높이를 맞추어 함께 걸어가야 한다. '강요하지 말자' '각자 성향이 다른 것이다'라고 자신에게 주문을 걸어보자. 어느새 완벽한 연인이 되어 있을 것이다.

상담#2

독단적인 데이트 약속

“채경이는 다 자기 마음대로예요” 상담실을 찾은 진오가 이야기를 시작했다. 진오와 채경은 4년 차 연인이자, 함께 쇼핑몰을 운영하고 있다. 채경이 혼자 소소하게 시작한 쇼핑몰이었지만 사람들의 반응이 좋아 진오도 합세했다. 하지만 함께 하는 시간이 길어지자 둘은 관계에 어려움을 느끼기 시작했다.
“진오야, 사무실에 6시쯤 들어갈 것 같아. 내가 갈 때까지 밥 먹지 말고 기다려! 같이 저녁 먹자”
5시가 다 되어서야 채경에게 전화가 왔고, 대답하기도 전에 전화는 끊겨버렸다. 퇴근하고 운동을 가려 했으나 채경과의 저녁을 위해 6시까지 서둘러 일을 마쳤다. 그 후 한참을 기다리다 7시가 되자 진오는 화가 나기 시작했다. 채경은 데이트 약속을 미리 정하는 것이 아니라 지금처럼 일방적인 통보를 하고는 그 약속시간을 지키지도 않았다. 잠시 후 바리바리 짐을 든 채경이 미안한 기색도 없이 나타났다.

"진오야, 이거 봐. 다 네꺼야"
기분이 좋지 않았던 진오는 들고 온 물건을 본체 만 채 하고는 채경에게 불만을 쏟아내기 시작했다.
"내 일정 확인도 없이 맘대로 약속 정하고, 거기다 한 시간이나 늦었는데 미안하단 말도 없고 지금 뭐 하자는 거야?
진오의 말에 채경도 눈을 흘기며 쏘아붙이기 시작했다.
"내가 더 바쁘니, 네가 더 바쁘니? 난 여기저기 미팅하러 다니고 넌 사무실에서 일하잖아. 어차피 6시면 일 끝나는 시간이고, 내가 올 때까지 잠깐 기다리는 건데 뭐가 그렇게 기분이 나빠? 내가 놀다 온 것도 아니고 너 줄 거까지 다 챙겨오면 오히려 고맙다고 해야 되는 거 아냐?"
함께 사업을 운영하면서도 둘은 자주 부딪혔다. 진오는 자신이 맡은 업무를 채경이 지나치게 간섭한다고 느꼈다.
"난 네가 맡은 외부 업무는 전적으로 믿고 맡기고 있어. 실무를 하는 사람이 더 잘 알고 있을 테니까. 반대로 사무실 내에서의 업무는 전부 내 담당이고 내 책임이야. 내가 제일 잘 알아. 그런데 채경이 넌 지나치게 관여하고 있어. 우린 동등한 사업자인데 왜 믿고 맡기질 않는 거야?"
"이 일은 내가 더 잘 알아. 시간이 없어서 그렇지 하면 너보다 더 잘해. 그러니까 내 말대로 해"
왜 채경은 본인에게 맞추는 게 당연하다고 생각하는 것일까?

채경은 일방적인 의사소통을 한다. 자신은 주로 외근을 하고 진오는 내근을 하니, 자신의 일정대로 데이트 시간을 통보하는 식이다. 데이트 시간에 늦을 때에도 사과하지 않고 바로 결론으로 들어간다. 바이올렛은 레드의 행동력과 블루의 사고력이 동시에 발휘된다. 머릿속으로는 늦었다는 걸 인지하고 있지만 급한 성격 때문에 핵심 주제로 바로 돌진하는 것이다. 이러한 모습을 계속해서 보는 진오의 입장에선 채경이 독단적이라고 느껴진다. 배려나 사과 한 마디도 없이 자기주장만 하는 모습에 점점 지쳐가게 된다. 아무리 자신이 완벽하게 일 처리를 한다 할지라도 연인의 마음을 헤아릴 줄 알아야 하고, 따뜻한 표현과 서로 협의하며 결정하는 소통을 배워야만 한다.

채경은 상대의 의사를 확인하는 훈련이 필요하다. 당연히 되겠지라는 자기 위주의 생각을 버리고, 상대가 가능한지를 먼저 살펴봐야 한다. '나는 연인을 존중한다' '나는 상대의 고충을 잘 이해한다'라는 말을 되뇌며 부드러움을 키우자. 사랑스럽고 다정한 연인이 될 것이다.

상담#3

채점자

조용하고 차분한 현서가 어떤 생각을 하고 있는 건지 모르겠다며 기연이 커플 상담을 신청했다. 둘 다 내성적이었지만 현서는 조용한 미소와 수긍의 끄덕임 정도로 잘 듣고 있다는 표현을 하고 있었고, 기연은 어떠한 내색도 없이 앉아있기만 했다.
상담은 현서가 가진 색과 심리의 내용으로 진행되고 있었다. 이성적이고 책임감이 강해서 실수하거나 폐 끼치는 일은 없을 것이라는 말이 끝나자마자 기연은 "현서는 헛된 행동은 안 하니까요"라며 모두를 평가를 하는 듯한 뉘앙스로 입을 열였다. 마치 옳고 그름을 따지는 왕의 모습이었다. 현서는 그런 말을 듣고도 크게 반응하지 않고 평정심을 유지했다. 오히려 분위기가 불편해 질까 봐 편안하게 이끌어 가려고 노력했다.
하지만 현서의 심리 상태는 시원하게 털어놓고 싶지만 그러지 못하고 꾹꾹 억누르고 있는 것으로 나타났다. 실제로도 무언가 말하지 않고 참고 있는 듯이 보였다. 기연은 이러한 이야기를 듣고도 또 모든 것을 총괄하려는 듯이 굴었다. “그럼 이렇게 하면 현서가 생각을 터놓을 수 있겠네요” “이 점은 문제가 좀 있겠네요”라며 아주 격식 있지만 채점하는 듯한 말투로 모두에게 불편함을 주었다. 결국 상담이 끝날 때까지 현서의 의견은 들을 수 없었다. 왜 기연은 왕좌에 앉은 왕처럼 행동하고, 문제점은 현서에게만 있다고 생각하는 것일까?

진단

현서와 기연은 내면의 대화가 전혀 안 되고 있다. 기연이 정해 놓은 답에 따라가는 듯한 행동이 반복되고 있다. 이처럼 항상 총괄하고 완벽하게 품위를 지키려는 기연의 모습은 바이올렛 성향과 일치한다. 소란스럽지 않고 우아하게 연인과 함께하는 이상적인 사랑을 꿈꾸며, 상대방도 자신처럼 행동하길 바란다. 현서는 묵묵히 맞춰주지만 지속해서 기연이 자신의 이상만을 주장한다면, 현서의 의견은 점점 더 표출되기 어려워지고 둘 사이의 대화도 사라지게 될 것이다.

치유를 위한 처방

기연은 현서의 말을 들어주고 의견을 맞추려는 노력이 필요하다. 자신의 생각만이 옳다는 생각을 버리고, 조금 여유를 가지고 천천히 살아갈 필요가 있다. '나는 현서의 말을 잘 들어준다' '완벽하지 않아도 괜찮다, 여유 있게 지내자'라는 말을 되뇌며 차분함을 키우자. 머릿속 생각을 다 표현하는 현서를 만나보게 될 것이다.

바이올렛의 비하인드 스토리

레드와 블루의 혼합 색인 바이올렛은 독특하고 신비로운 느낌을 준다. 현실과 이상, 물질과 명예를 적당히 내포하고 있어서 한쪽으로 치우치지 않는다.
평범하지 않은 특별한 색에서 발휘되는 예술성과 품격은 고대 황실은 물론 현재까지도 고귀함과 우아함을 연출할 때 사용된다. 정신적인 분야에 관심이 많고, 삶의 이상을 추구하는 특성상 예술가, 영성가, 성직자를 상징하기도 한다.

티리언 퍼플

보라색 염료는 고대 페니키아 연안에 있는 시돈Sidon과 티레Tyre라는 두 도시의 바다 달팽이에서 생산되어 티리언 퍼플Tyrian purple로 사람들에게 알려지기 시작했다. 이 염료를 만드는 과정은 매우 복잡하여 염색된 직물은 부와 권력의 상징이 되었다. 그리스 로마 신화에서도 아주 귀하고 비싸다는 표현 중의 하나로 "튀로스 산産 염료로 물들인"이라는 표현이 나오는데, 이 튀로스 산이 티리언 퍼플이라고 불리는 보라색 염료이다.
20세기 한 화학자가 전통적인 방식으로 티리언 퍼플을 만들어본 결과, 바다 달팽이 12,000마리가 있어야 손수건 한 장을 염색할 수 있었고, 그 가격도 터무니없이 비쌌다. 때문에 일반 서민들은 엄두도 못 내고 고위 관리나 장군, 사제들만 주로 사용하였다. 현재에도 추기경으로 서임되는 것을 '보라색 반열에 오른다'라고 표현하는 만큼 범접하기 어려운 위치의 사람만 사용할 수 있는 색이었다.

나폴레옹과 제비꽃

보라색을 뜻하는 바이올렛은 제비꽃의 라틴어 비올라Viola에서 유래되었다. 제비꽃은 비범하고 특출났던 황제 나폴레옹 보나파르트가 가장 좋아하는 꽃이었다. 그의 첫 번째 아내 조제핀과 결혼할 때에도 제비꽃이 그려진 웨딩드레스를 입게 하였고, 매년 결혼기념일에도 제비꽃을 선물했다.
나폴레옹은 조제핀을 보자마자 첫눈에 반해 끊임없는 구애를 했다. 하지만 조제핀은 사랑과 무관하게 전략적으로 결혼을 선택했다. 첫 번째 이혼 후 사교계를 떠돌던 그녀에게 그의 구애는 권력과 안정을 가져다주었기 때문이다. 나폴레옹은 모두에게 인기 있던 조제핀을 쟁취하여 성취감을 얻었다. 보라색의 상징 중 하나인 '이상'과 '완벽'을 말해주는 결혼이다.
하지만 1809년 두 사람은 파경을 맞이했다. 이후 나폴레옹은 오스트리아의 황녀 마리 루이즈와 결혼해 아이를 낳았지만 여전히 조제핀을 잊지 못하였다.

그 후 1814년 4월 나폴레옹은 퐁텐블로 조약의 결과로 엘바 섬으로 유배되었는데, 그때 병사들에게 제비꽃과 함께 돌아오겠다고 맹세하면서 나폴레옹의 시그니처 꽃이 되었다. 보라색은 내가 누려온 이상적인 삶이 갑자기 무너졌을 때 우리의 곁에서 힘이 되어주는 색이다. '괜찮아, 포기하지 않고 끝까지 버티면 돼'라고 말하며 천천히, 부드럽고 우아하게 해낼 수 있도록 버티는 힘을 준다. 나폴레옹과 조제핀의 엇갈린 사랑도, 유배지에서 탈출해 파리로 돌아온 것도, 보라색 제비꽃이 든든한 버팀목 역할을 했기 때문일 것이다.

로스코 예배당

1964년 석유재벌 존 드 메닐 부부가 마크 로스코에게 그림을 의뢰하면서 탄생된 로스코 예배당은, 모든 신앙을 가진 혹은 아무 신앙도 갖지 않은 모두를 위해 고요와 고독의 공간을 제공해 주고, 명상할 수 있도록 도와준다.

로스코 예배당 내부는 옅은 빛이 비치는 여덟 개의 벽면으로 이루어져 있다. 팔각형으로 이루어진 전시 공간에는 마치 검은색으로 보일 정도로 아주 짙은 보라색 작품들이 벽면을 가득 채우고 있다. 관객들은 보라색 에너지 안에서 혼란을 이겨내고 정신적으로 성숙해지는 시간을 갖는다. 영혼과 정신을 치유하는 보라색은 현실적인 문제로부터 잠시 벗어나, 내면의 소리에 집중할 수 있게 도와준다.

사이키델릭 아트

사이키델릭Psychedelic이란 'Psycho'와 'Delicious'를 합성한 말로, 심리적 황홀 상태를 뜻한다. 이러한 기분을 연출하는 것이 바로 사이키델릭 아트이다. 환각 미술 혹은 일명 '엘에스디LSD아트'라고도 불리며, 환각제 복용에 의한 환시, 환청 등을 재현한다.

1963년 샌프란시스코에서 USCO 그룹이 처음 시도한 아트는 LSD를 복용하지 않고도 마치 복용한 것 같은 환각 증세를 주기 위해 강렬한 빛과 음향, 색채, 진동 등의 동시 자극을 연출해 인간 의식의 확대를 시도했다. 점차 중엽 뉴욕을 중심으로 확산된 문화는 1970년대에 들어서서 헤어 제품, 자동차, 담배 등 다양한 분야에서 차용되기 시작했다. 젊은 세대에게 컬러풀하고, 특이하고, 패셔너블한 문화로 자리 잡은 사이키델릭 아트는 보라색이 상징하는 정신세계, 예술성, 독특성을 설명할 수 있는 사례이다.

Magenta

컬러테라피로 보는
사랑의 심리학 아홉 번째 색,
마젠타

귀인, 신성, 치유자

신의 영역을 상징하는 색으로 신성함을 뜻한다. 보통 사람의 에너지보다 훨씬 큰 에너지를 가지고 있다. 신의 사랑을 전하는 메신저로서 세상을 치유하는 힘이 있다.

마젠타의 강점 _ 물질적 풍요, 신의 사랑

사랑이 넘치고 주변 사람들에게 귀인 역할을 한다. 작은 것부터 큰 것까지 자신이 할 수 있는 모든 것을 베풀고 보살펴 준다. 에너지가 넘치고 다방면에서 능력을 발휘한다.

마젠타의 약점 _ 번아웃, 비인간적

자신의 에너지를 살피지 않고 남을 위해서만 쓰면 번아웃 상태가 될 수 있다. 연인의 모든 것을 보살피다 보면 각자의 생활이 없어진다. 스스로의 힘을 초과하게 되면 비인간적으로 바뀌게 된다.

상담#1

슈퍼우먼

승호는 상담실 탁자에 기대며 깊은 한숨을 내쉬었다.

"여기까지 오는 길이 참 험난했습니다. 수영이 차로 이동하기로 해서 제가 집 앞으로 갔죠. 그런데 차에 타고보니 주유등이 계속 깜빡이더라고요. 언제 이 경고등이 떴냐고 물어봤더니 기억이 안 난대요. 그럼 얼마큼 남았는지 가늠이 안되잖아요. 그래서 제가 짜증을 조금 냈더니 걱정하지 말라는 말만 하더라고요. 여기서 끝나지 않았어요. 초행길이라 내비게이션을 켜고 오는데 자꾸 다른 길로 가는 거예요. 왜 그러냐고 하니까, 이쪽으로 가면 더 빨리 갈 수 있을 거라 생각했다고 합니다. 종잡을 수가 없어요. 저는 늘 뒤처리를 해야 돼서 힘들어요"

승호의 불만은 여기서 끊이질 않았다. 수영은 관심 있는 분야가 생기면 돌진하고, 그 관심 분야도 여러 가지라 옆에서 보고 있기만 해도 지친다고 덧붙였다.

"예를 들면 이런 식이예요. 오늘은 가방 만들어야지라는 생각이 들면 하루 종일 가방만 만들어요. 그리고 주변 사람들에게 하나씩 만들어준다고 재료를 왕창 삽니다. 사람들이 만들어 달라고 하지도 않았는데 자기가 주겠다고 일을 벌이는 거예요. 그러다가 며칠 지나면 이번엔 그림을 그리겠다고 해요. 그런데 그림 그리는 건 재료가 많잖아요? 그럼 또 그 많은 재료를 다 사요. 그러다 새로운 관심이 생기면 이제는 그림까지 제쳐두는 거죠. 그런데 사람들에게 선물해 준다고 했으니 만들긴 해야 하는데, 그 상황이 너무 버거워지고 짜증이 나니까 화를 모두 저에게 풉니다. 본인도 너무 피곤해서 여기저기 아파하고 감정 기복도 심해요. 별거 아닌 일에 불같이 화내고 옆에 있는 저는 이 상황들이 전부 이해가 안 가고 답답해요"

승호의 긴 한탄이 이어지자 수영은 고개를 끄덕이며 조심스레 말을 꺼냈다.

"맞아요. 저는 다 할 수 있을 것 같아서 시작했는데 하다 보면 너무 힘들어요. 마무리만 잘 하자고 생각해도 번번이 중도에 포기해요. 그리고 그런 상황에 짜증이 나면 옆에 있는 승호한테 마구 쏟아내는 거죠. 너무 미안한데 저도 제가 왜 이러는지 잘 모르겠어요"

왜 수영은 감당이 안 될 정도로 일을 만들고, 힘들어진 마음을 승호에게 푸는 것일까?

수영은 보통 사람들과는 다른 행동들을 자주 보여준다. 남들이 하는 정도만 해도 탈이 없을 텐데, 특별한 방법을 시도하거나 너무 많은 일을 하려고 애쓴다. 인간으로서 불가능한 일들을 자신은 할 수 있다고 생각하는 마젠타 성향이다. 하지만 자신의 영역을 벗어나면 몸과 마음이 지칠 수 있으므로, 스스로를 돌보는 것부터 우선시해야 한다. 자신이 건강해야 타인을 위한 일도 할 수 있다.

수영은 내가 할 수 있는 일과 할 수 없는 일을 구분할 필요가 있다. 주기적으로 나 자신을 위해 휴식하는 시간을 만들어야 한다. 내가 건강하고 행복할 때 타인을 보살필 수 있다. '지치지 않도록 나를 먼저 돌보자'라는 생각을 끊임없이 해보자.

상담#2

크루즈 여행으로 달래보는 공허함

작은 귀걸이부터 신발까지 모두 명품으로 착용한 효은이 상담실로 들어왔다. 걸음걸이까지도 우아함이 가득했고 입가엔 옅은 미소를 유지하고 있었다. 마치 꾸며진 인형같이 예쁜 모습이었지만, 까만 두 눈은 외로워 보였다.

효은보다 나이가 9살이나 많은 남편은 전문의 자격을 갖추자마자 효은을 소개받고 6개월 만에 결혼식을 올렸다. 둘은 처음부터 존댓말을 사용하였고 큰 목소리로 다투지도 않았다. 남들이 모두 부러워할 만한 흠잡을 곳 없는 부부다.

늘 바쁜 남편이라 효은은 결혼 후에도 일을 놓지 않았다. 평소 그림에 관심이 많아 갤러리를 오픈하였고, 현재까지 안정적으로 운영되고 있다. 또한 두 딸이 생기면서 아이들 교육에도 많은 열정을 쏟았다. 엄마들이 부러워하는 영어 유치원을 보냈고, 남들이 하는 교육은 모두 시켰다. 다행히 아이들은 군말 없이 잘 따라오고, 효은이 꿈꾸던 완벽한 가정이 유지되고 있었다.
뜨거운 여름 햇살이 내리쬐던 여느 오후, 효은은 문득 공허함을 느꼈다. 이 공허함을 탓할 누구도 없었고, 완벽한 일상이었지만 벗어나고 싶다는 생각이 들었다. 남미 여행을 다녀온 지 겨우 한 달 된 시점이었지만 효은은 당장 여행을 떠나야겠다 다짐했다. 가족이 모두 모인 저녁 시간 말을 꺼냈다.
“일주일간 크루즈 여행을 다녀올게요. 당신은 혼자 알아서 잘 지낼 수 있을 거고, 아이들은 시터 이모님께 부탁해 두었어요”
“남미 여행을 얼마 전에 다녀왔는데 또 여행을 가겠다고요?”
“요즘 제가 스트레스가 많아요. 쇼핑을 해도 마음이 계속 울적하네요”
왜 효은은 평온한 일상을 누리고 있음에도 여행을 가려 하는 것일까?

효은은 누구나 부러워할 만큼 많은 것을 가지고 있다. 부와 명예, 화목한 가정까지 아주 이상적인 삶을 누린다. 마젠타는 신의 사랑을 받고 살아가는 사람을 상징한다. 원하는 건 무엇이든 가질 수 있고, 하고 싶은 것도 다 할 수 있을 만큼 주어졌다는 것은 신의 큰 축복이다. 이러한 풍요로운 생활이 지속되다 보면 나도 모르게 소중함과 감사함을 잊는 순간이 올 수 있다. 지금보다 더 많은 것을 누리고 더 많은 것을 가지려는 마음이 생기지 않도록 주의해야 한다. 현재 내 삶이 얼마나 행복한 지를 깨닫고 주변을 돌보는 노력이 필요하다.

나는 이미 가졌지만 남들이 못 가진 것들은 무엇이 있는지 작성해 보자. 건강한 가족, 풍족한 돈과 명예, 직업 등 내 일상이 얼마나 풍요로운지를 깨달아야 한다. 도움이 필요한 사람들에게 사랑을 나누어 보는 것도 좋다. '나는 신의 사랑을 듬뿍 받고 있다' '나의 일상은 매일 행복하다'라고 되뇌면 하루하루가 특별해질 것이다.

상담#3

내가 다 해줄 거야!

아름다운 미소를 지닌 준재에게는 첫눈에 반해 연인이 된 시우가 있다. 뽀얀 피부에 범상치 않은 외모를 지닌 시우는 음악가로 활동하고 있다. 둘의 첫 만남도 한 공연장이었다. 뮤지컬 배우로 활동하는 준재와 음악을 하는 시우는 처음부터 이야기가 잘 통하였고, 준재의 적극적인 표현으로 빠르게 연인이 되었다.

둘 다 아티스트로 활동하고 있기에 서로의 어려움을 잘 알고 있었고, 시우의 고민을 누구보다 이해하는 준재는 투정을 잘 받아주었다. 또한 포기하려는 모습을 보일 때마다 아낌없이 응원해 주고 어려울 때도 큰 도움을 주었다.

시우는 남들보다 조금 예민한 편이였다. 사람이 많은 곳은 피했고, 옷을 하나 사더라도 딱 원하는 질감이 있었다. 책상 위 물건들도 제자리에 가지런히 놓여있어야만 했다. 데이트 코스를 정할 때에도 시우가 먹고 싶은 음식을 말하면 준재는 빠르게 검색하여 맛집을 찾아내고 데리고 갔다. 까

다로운 시우를 보듬어 주고 맞춰주었다.

준재가 공연 연습을 하던 어느 날, 시우에게서 전화가 걸려 왔다. 갑자기 차 시동이 안 걸린다며 보험회사 번호를 묻는 전화였다. 준재는 바로 알아보고 접수할 테니 기다리라며 전화를 끊었다. 공연 직전까지 여러 번의 확인 절차가 이루어지자 옆에서 지켜보던 동료는 답답한 나머지 한마디 건넸다.

"차가 고장이 났으면 보험회사에 전화해야지 왜 너한테 전화를 해?"

"시우가 이런 일상적인 일들은 잘 못해서 제가 대신해줘야 해요. 음악 작업만 하면서 살다 보니 아직 세상을 잘 모르거든요. 전 그 점이 좋아요, 아티스트로서의 일만 열심히 해서 사람들이 시우의 재능을 빨리 알아봐 줬으면 해요"

뮤지컬 배우로서 이름이 꽤 알려져 있는 준재는 시우에게 무슨 일이 생기면 모든 스케줄을 바꾸면서까지 달려가 직접 케어해 준다. 왜 준재는 본인이 다 해주려 하는 것일까?

준재는 다른 사람을 잘 보살피고 챙겨주는 사람이다. 시우의 예민하고 까다로운 요구들을 다 들어주고, 어려움이 생기면 마치 해결사처럼 나타나 완벽하게 해결한다. 신의 사랑을 상징하는 마젠타의 에너지를 지니고 있다. 도움이 필요한 사람이라면 어디든 달려갈 준비를 하고 있고, 언제든지 그 사랑을 전한다. 그렇기 때문에 자신의 일을 뒤로 한 채 시우의 모든 것을 직접 나서서 해결하는 것이다. 하지만 자신의 범주 밖의 일까지 챙기는 것은 문제를 일으킬 수 있다. 한쪽에서는 주기만 하고 다른 한쪽은 받기만 하는 관계는 오래 지속되지 못한다. 아무리 연인이라도 각자의 생활과 영역을 지키는 훈련이 필요하다.

준재는 나를 우선으로 두는 연습이 필요하다. 나에게 중요한 일을 먼저 해결한 후 시우를 도와야 한다. 양쪽 모두 균형 잡힌 사랑을 주고받을 때 관계가 오래 지속될 수 있다. 스스로 해야 하는 일을 구별하고, 혼자만의 시간과 연인과 함께하는 시간도 구별해 보자. 시우에게 '그 일은 직접 해봐' '지금은 내가 도와줄 시간이 안 돼'라고 말해봐라. 혼자만 주는 사랑이 아닌 서로 주고받는 사랑이 찾아올 것이다.

마젠타의 비하인드 스토리

마젠타는 바이올렛과 레드가 조합된 색으로 자주색, 와인색, 버건디색이 이 계열에 속한다. 바이올렛의 영성과 레드의 사랑이 섞인 만큼 마젠타는 신의 사랑, 신성함, 귀인을 상징한다. 인간 영역 밖의 특별한 힘, 타인을 치유하는 능력, 대담하고 폭넓은 사랑을 발휘한다.

마젠타 전투

마젠타는 이탈리아 북부에 있는 도시 이름으로, 1859년 이탈리아 통일 전쟁에서 사르데냐 왕국과 프랑스 연합군이 오스트리아 제국군을 상대로 전투를 벌인 곳이다. 전쟁의 결과, 이탈리아 군이 승리는 하였지만 7,000여 명의 사상자가 발생했다. 이들은 전쟁의 아픔을 간직한 채 모두 공동묘지에 안치되었고, 이후 푸시아Fuchsia로 개발된 분홍색 염료를 마젠타 전투의 승리를 기념하기 위해 마젠타로 바꾸어 부르며 유래되었다.

신의 사랑, 귀인을 상징하는 마젠타는 언제나 신의 보살핌이 있고 나를 돕는 사람이 있다는 것을 느끼게 한다. 또한 물질적 풍요로움을 누리게 도와주고, 남들과 똑같이 노력해도 훨씬 크게 되돌아오는 에너지를 가지고 있다. 이러한 패턴 속에서 살다 보면, 나도 모르는 사이 속물이 되어가고 비인간적인 모습으로 변하기도 한다. 하지만 일상의 소중함을 잊고 신성함으로부터 멀어졌을 때 우리를 다시 회복시키는 힘도 가지고 있다.

마젠타 전투에서 수많은 사상자를 낸 후, 푸시아 대신 마젠타라고 부르기로 한 것은 전쟁의 잔혹함과 비인간적인 상처를 치유하기 위한 무의식적인 행동이 아니었을까 짐작해 본다.

안녕과 축복의 와인

구약 시대에서 와인은 안녕과 하나님의 축복을 상징하며, 식사 시에 없어서는 안 될 필수 음료였다. 신약 시대부터는 매 식사 시에 마시는 것 보다는 할례, 약혼, 결혼을 축하하는 음료로 가족끼리 마셨다. 와인은 좋은 의약품으로도 알려져 있는데, 물약과 혼합하면 마취제로 사용할 수 있어 십자가에 못 박힌 예수님께 주어졌다고 한다(마가복음 15:23). 또한 이스라엘 의식에서 헌주獻酒로 제공되었고, 헬레니즘 시대에는 와인이 피처럼 제단 아래 부어졌다고 전해진다(집회서 50:15).

레드와인의 색 마젠타는 신성함과 치유, 상류층을 상징한다. 특별한 의식이나 제사에 와인을 사용한 것은 마젠타가 지니고 있는 신의 사랑과 보살핌을 채우고자 함이다. 기원전 메소포타미아 문명에서 와인이 특권층의 음료였던 것과 이집트에서 오시리스 신을 상징해 특별한 음료로 숭배한 것도 마젠타의 에너지와 통하는 사례다.

인도 어머니의 색

인도 전통 의상에서 많이 보이는 마젠타는 바라트 마타Bharat Mata의상 색이자 어머니의 색이다. 바라트 마타는 인도의 화신化身으로서 모성, 생식력, 창조성 또는 대지의 풍부함을 상징하는 어머니 여신이다.
인도의 바라트 마타 사원은 영국 식민지 시대 때 주변 국가와의 통합을 위해 만들어졌다.
마젠타는 스스로의 힘으로 모두를 품을 수 있고, 외적으로 부드럽지만 내적의 강함을 나타내는 어머니의 큰 사랑을 상징한다.

magenta

구글의 인공지능 연구그룹

구글이 인공지능 개발에 많은 공을 들이고 있는데, 그중 '마젠타'라는 프로젝트 팀은 음악, 이미지 및 그림을 만드는 딥러닝 알고리즘을 정기적으로 개발하고 있다. 여기서 만든 인공지능 알고리즘은 외부에도 공개되고 있어서 많은 사람들이 이용할 수 있다.

이 마젠타 팀은 로우파이Lo-Fi 플레이어라는 머신러닝 기반의 가상 뮤직 스튜디오를 공개하며 인공지능 업계에 새로운 문을 열었다. 이미 경험한 익숙한 세상이 아닌 새로운 세상을 열은 마젠타팀은 팀명과 아주 딱 맞아떨어지는 행보를 보이고 있다. 손에 잡히지 않는 가상세계 속 콘텐츠를 만들고 우리에게 친절하게 공유하는 역할이 마치 신의 영역처럼 느껴진다.

부록#1

컬러테라피의 역사

유일한 치료는 일광욕

인류의 시작과 함께, 하늘의 가장 높은 곳에 태양이 있었다. 태양이 주는 밝은 빛은 생명의 근원이었고 인간은 이를 소중히 여기며 신격화했다. 고대의 태양숭배는 이집트, 메소포타미아, 그리스 등에서 발전하였고, 이후 로마제국에도 큰 영향을 주었다.

질병에 대한 특별한 치료법이 없었던 고대에는 주기적으로 일광욕을 하는 것이 건강을 지키는 법이라 생각했다. 때문에 정기적인 일광요법으로 질병을 예방하고, 이미 질병이 발생한 부위에는 색유리를 통과한 태양빛의 색으로 치료하고자 했다. 기원전 1500년 경의 이집트 벽화에 환자 치료를 위해 빨간색, 노란색, 파란색을 이용한 흔적이 남아있다. 이 일광욕 치료는 고대 이집트, 바빌로니아, 아시아까지 확대되었다.

그리스의 의사이자 역사가인 헤로도토스는 햇빛이 사람의 건강에 영향을 준다고 주장했다. 그는 페르시아와 이집트 군인들의 두개골을 비교하며, 터번을 쓴 페르시아 군인은 햇빛의 노출이 적기 때문에 이집트 군인들보다 두개골이 약하다고 설명했다. 또한, 건강 회복을 위해 햇빛에 노출되는 것을 강조하며 '태양 광선 치료법'으로 환자들을 치료했다.

컬러에너지는 눈을 통해 들어온다

빛과 색을 연구하던 그리스의 피타고라스 학파는 우리가 눈으로 특정 컬러를 인식하면, 호르몬 분비를 담당하는 내분비계가 자극되어 신체 기능을 조절할 수 있다고 주장했다. 이들은 이 원리를 이용하여 처음으로 시각을 통한 색채요법으로 환자의 병을 치료하고자 했다.

현대의학의 아버지라 불리는 히포크라테스도 당시 미신으로만 여겨지던 색치료를 연구하고, 신체 질병의 진단과 치료에 색을 도입했다. 인체는 붉은색의 혈액, 푸른색의 점액, 노란색의 황담즙 그리고 검은색의 흑담즙 네 가지 액체로 구성되어 있다는 체액론을 주장하며, 이것은 공기, 물, 불, 흙의 원소와 대응되고, 이들의 균형이 깨지면 몸과 마음의 질병으로 나타난다고 설명했다. 히포크라테스는 머리카락, 피부, 눈의 색채 변화나 대소변의 색에 따라 환자의 상태를 진단하고, 산모의 피부색으로 태아의 성별을 감별했다.

보석과 원석이 가진 색의 신비한 힘

자연에서 발견되는 보석은 변치 않는 다채로운 색을 가지고 있어 고대인들에게는 신비로운 존재였다. 그들은 보석이 가진 고유의 색을 신성한 의미로 받아들여 신과의 만남에 사용하였다. 또 바빌로니아인들은 보석들이 가진 색의 의미를 활용해 질병을 치료하기도 했다.

클레오파트라도 보석이 영원한 젊음을 지켜줄 것이라 믿어, 액세서리부터 실내장식까지 많은 곳에 에메랄드를 사용했다. 고대 페르시아 의사 이븐 시나Avicenna는 "색은 관찰 가능한 질병의 증상이다."라고 주장하며 신체의 온도 및 신체 상태와 연관된 차트를 개발해 병의 진단과 치료에 색을 이용하였다. 그는 빨간색은 혈액을 움직이게 하고, 파란색은 혈액을 냉각시키며, 노란색은 근육통 또는 염증을 감소시키는데 효과가 있다고 주장했다.

중세 베네딕트 수도원의 수녀였던 힐데가르트 폰 빙엔Hildegard von Bingen은 의사이자 보석 치료사였다. 그녀는 보석을 갈아 그 가루를 약으로 사용했고, 다양한 색을 가진 보석들을 의학적 용도로 분류 및 개발하여 환자를 치료했다. 에메랄드는 육체의 활기를 위해, 자수정은 시력강화나 안질환에, 호박 보석은 비뇨기 장애에 사용했다. 때로는 보석을 환부에 올려놓기도 하고, 물에 우려내어 마시게 하거나 입에 물고 있는 것을 처방하기도 했다.

7가지 에너지 센터 차크라

우리 몸에는 수많은 에너지 센터가 존재하고, 차크라는 이 중 7가지 힘의 중심점을 의미한다. 차크라는 고대 요가 체계에서 왔으며, 산스크리트어로 바퀴, 순환, 둥근 접시를 뜻한다.

이 차크라 센터는 프리즘을 통과한 무지개색과 연관되어 있으며 신체 에너지뿐만 아니라 마음과 정신에도 영향을 준다.
척추 끝에서부터 정수리까지 분류되어 있는 차크라는 서로 다른 에너지를 관장하며, 내분비계와 자율신경계에 영향을 준다.

뉴턴은 스펙트럼, 괴테는 색의 상징성

무지개는 7가지 색이라고 처음 말한 사람은 누구일까? 만유인력의 법칙으로 널리 알려진 뉴턴이다. 당시 사람들은 햇빛은 흰색이라 생각했다. 물체의 색도 원래는 흰색이지만, 빛이 변형되어 물체 고유의 색이 되었다고 생각했다. 하지만 오랫동안 빛과 색을 연구하던 뉴턴은 햇빛은 흰색이 아니라 다른 각도로 굴절되는 여러 색의 빛으로 구성되어 있다는 것을 알아냈다.
그는 1704년 '옵틱스Opticks'라는 책에서 스펙트럼이라는 용어를 처음 사용하였고, 가시광선을 7조각으로 나눈 무지개 스펙트럼을 발표했다. 혁명과도 같았던 뉴턴의 빛과 색의 관계 입증을 시작으로 과학자, 예술가, 문학가 등 많은 사람들이 색의 연구에 뛰어들었다.
하지만 괴테는 뉴턴의 이론을 반박하며 색채는 눈과 빛의 상호작용으로 생겨난다고 주장했다. 개인이 가진 경험과 관찰의 결과, 색은 밝음과 어둠으로부터 만들어지며 이 과정에서 심리적, 생리적 특성이 나타난다고 주장하였다. 또한, 기본색은 빨강, 파랑, 노랑 3가지로 빨간색은 열정과 흥분, 파란색은 시원하고 차분함, 노란색은 따뜻함과 기쁨으로 서로 다른 심리와 감정 상태를 가진다고 덧붙였다. 괴테는 이 기본색을 바탕으로 6가지 색의 색상환을 만들어 인간의 심리적 특성과 연관된 색의 치유적 성질을 강조했다.

한국의 오방색

화려하게 장식된 한옥의 단청에는 오방색이 사용되었다. 오방색은 동양의 음양오행에서 유래한 한국의 5가지 전통 색상을 뜻한다. 이 오행은 우주 만물을 구성하는 5가지 원소를 5개의 기운과 색으로 설명하고 있다.

나무의 기운을 가진 파란색은 평화, 진리를 상징하여 복을 비는 색으로 쓰였고, 불의 기운을 가진 빨간색은 생명, 힘을 상징하여 악귀를 쫓아낸다고 여겼다. 땅의 기운을 가진 노란색은 방위 가운데를 상징하여, 임금만이 사용할 수 있는 가장 귀중한 색이었다. 금의 기운인 흰색은 순수함과 깨끗함을, 물의 기운인 검은색은 슬픔을 상징한다.

이러한 의미를 담고 있는 오방색은 방향, 음식, 신체, 복식 등 우리나라 문화의 많은 분야에 영향을 주었다.

현대의 컬러테라피

16세기 이후 해부학과 생리학이 발달하면서 현대의학은 크게 발전하였다. 고대부터 병의 치료를 위해 사용되었던 컬러테라피는 현대의학의 발달로 인해 치유의 개념으로 바뀌었다.

미국의 의사이자 컬러테라피의 초기 연구가였던 에드윈 배빗Edwin D. Babbitt은 빛과 색을 과학적으로 검증하기 위해 색 진단 및 치료, 전자기 스펙트럼 이론을 개발하였다. 그리고 1869년 색채요법과 자기요법을 심리장애(정신, 정서 장애)에 치료하기 시작했다.

20세기에 이르러 치유에 대한 관심이 부각되자 컬러테라피도 활발히 연구된다. 미국의 컬러 전문가였던 파버 비렌Faber Birren은 독자적 색채 체계인 색채조화론을 발표했다. 그는 색채의 지각은 과학기기처럼 자극에 대한 단순한 반응이 아니라 정신적인 반응으로 지배되며, 색이 사람의 심리 변화에 영향을 준다고 주장했다.

심리 치료사였던 막스 뤼셔Max Luscher는 1947년부터 색상 테스트를 만들어 환자의 심리를 진단했다. 그는 색상의 선호도가 신체와 정신 진단의 기초로 활용할 수 있다고 생각했다. 그래서 환자들에게 8가지 색상을 보여주고 좋아하는 순서대로 나열하게 한 후, 현재 상태와 필요한 균형을 진단하며 심리를 치료했다.

이처럼 현대의 컬러테라피 연구는 점차 확대되고 있으며, 다양한 분야에서도 활용되고 있다. 옷, 보석 등 패션 컬러를 활용한 프로그램이나 신체건강과 음식컬러를 활용한 컬러푸드테라피, 아로마컬러와 향을 활용한 컬러오일테라피, 컬러메시지로 대화하는 컬러심리상담 프로그램까지 있다. 또한 삼성의 비스포크나 LG 생활가전 제품들도 내가 원할 때마다 컬러를 바꾸며 심리적 안정과 치유의 개념으로 활용되고 있다. 최근에는 뷰티디바이스 홈케어 제품에서도 빨간빛은 탄력강화, 파란빛은 진정 효과로 컬러파장이 가진 에너지를 미용관리에 접목해 인기를 얻고 있다.

사람들이 색에 대한 인식이 달라지면서 그 중요도 또한 사회 전반에서 커져가고 있다. 컬러테라피가 스트레스 해소에 도움이 된다는 연구도 활발하게 이루어지고 있어, 앞으로 컬러의 심리적, 신체적 효과에 대한 활용이 사회 전반에 더욱 확대될 것이라 기대한다.

부록#2

설문지와 해설지

가장 많이 체크된 색으로 당신의 사랑을 확인해 보세요

나의 기본 성향은?

- 성취욕구가 강하고 경쟁하면 꼭 이기고 싶어 한다.
- 자유로운 분위기에서 새로운 아이디어를 찾는데 열성적이다.
- 타인보다는 자신을 위한 시간에 우선순위를 둔다.
- 나의 욕구보다는 상대방을 먼저 배려한다.
- 계획적이고 이성적으로 행동하며 실수하지 않는다.
- 생각이 깊고 진중하며 주관이 강하다.
- 현실보다는 이상을 추구하고 정신적인 분야에 관심이 많다.
- 많은 사람에게 사랑을 베풀고 귀인 역할을 한다.

나의 행동 유형은?

- 육체적인 활동을 좋아하며 열정적으로 임한다.
- 자극과 흥분을 유발하는 활동을 좋아한다.
- 새롭게 배우는 것을 좋아한다.
- 따뜻하고 편안한 환경과 원만한 인간관계를 선호한다.
- 안정적이고 차분한 환경을 선호한다.
- 보다 높은 목표를 향해 일하는 환경을 선호한다.
- 창조적이고 예술적인 분야에서 활동하는 것을 선호한다.
- 일상에서 행복함과 풍요로움을 즐기는 것을 선호한다.

나의 인간관계 유형은?

- 다양한 유형의 사람을 폭넓게 사귄다.
- 처음 만나는 사람과도 쉽게 친해질 수 있다.
- 호기심을 자극하는 모든 사람을 만난다. 재밌고 유쾌한 사람들과 관계를 좋아한다.
- 다른 사람들과 따뜻하고 편안한 관계를 유지한다.
- 나와 신뢰가 형성된 사람과 관계를 유지한다.
- 나와 삶의 가치관이 통하는 소수의 사람하고만 관계를 유지한다.
- 자신의 지도력을 발휘하기 위한 다양한 사람들과 관계한다.
- 폭넓게 많은 사람들과 관계를 맺으며 그들을 보살피고 도와준다.

내가 생각하는 나의 강점은?

- 불가능하다고 생각하는 일을 앞장서서 해결한다.
- 상대방을 기쁘고 즐겁게 해줄 수 있고 아이디어가 넘친다.
- 두뇌회전이 빠르고 순발력과 재치가 있다.
- 주변의 상황을 조화롭게 만들고 사람들을 포용하는 내면의 힘이 강하다.
- 매너있고 차분하게 행동하고 자신이 맡은 일을 끝까지 완수한다.
- 직감이 발달해서 상황에 대한 통찰력을 발휘한다.
- 현실과 이상사이의 균형을 맞추며 품위있게 행동한다.
- 아무리 활동해도 지치지 않는 큰 에너지를 발휘한다.

나의 약점은?

- 성격이 급해서 참지 못하고 터트리는 경우가 많다.
- 사람들과 재미를 추구하며 보내는 시간이 많다.
- 머리 속 생각이 복잡하면 예민해지고 날카로워진다.
- 타인의 부탁을 거절하지 못하고 힘들다는 표현을 못한다.
- 책임감이 강해서 힘든 일도 혼자 다 해결하려고 애쓴다.
- 한 번 결정한 일에 몰두한 나머지 혼자만의 생각에 빠질 수 있다.
- 높은 이상을 추구하다보면 현실과 동떨어져 괴리감에 빠지기도 한다.
- 주변을 보살피느라 에너지를 많이 사용하면 번아웃이 오기도 한다.

나의 데이트 비용 소비 스타일은?

- 즉흥적으로 소비하거나, 과감한 소비를 한다.
- 즐기는 부분에는 아낌없이 쓴다.
- 계산을 철저히 하며, 각자가 부담하길 원한다.
- 예산 한도 내에서 사용한다.
- 계획적으로 소비한다.
- 사소한 구매는 하지 않고 꼭 사야할 물건은 최고의 것으로 선택한다.
- 예술분야나 고고한 취미생활에 소비를 많이 한다.
- 마음이 끌리는 부분에 큰 소비를 한다.

데이트 코스를 정할 때의 나는?

- 데이트 코스를 미리 계획하기보다는 즉흥적으로 정한다.
- 즐거운 곳과 맛집 등을 잘 찾아서 데이트 코스를 정한다.
- 자신이 원하는 코스를 직접 조사한다.
- 힐링 할 수 있는 산책코스나 쉬기 좋은 곳을 파트너와 상의해서 정한다.
- 데이트하기 일주일 전부터 계획을 짠 후 파트너와 상의한다.
- 자신이 가본 곳을 추천하거나 정확한 데이터를 기준으로 정한다.
- 단순한 것보다는 엄격한 기준으로 결정한다.
- 모든 분야에서 다재다능하여 여러 가지 의견을 제시한다.

연인에게 하는 나의 감정 표현은?

- 거침없이 말한다.
- 신나고 즐겁게 표현한다.
- 재치 있게 말한다.
- 자신의 감정을 잘 표현하지 않고 상대의 감정을 배려한다.
- 신중하게 생각하고 말한다.
- 사소한 감정표현은 하지 않으며 꼭 해야할 말만 단호하게 한다.
- 진지하게 감정을 말한다.
- 타인이 기분 나쁘지 않게 부드럽고 따뜻하게 감정을 표현한다.

연애할 때 나의 스킨십은?

- 따뜻하고 열정적으로 스킨쉽한다.
- 다정하고 재미있게 스킨쉽한다.
- 장난스러운 스킨쉽을 많이 한다.
- 파트너와 팔짱끼고 기대길 좋아한다.
- 각자의 자리를 존중한다.
- 파트너와 적정한 거리가 유지된다.
- 자신의 표현 방식대로 스킨쉽한다.
- 생각지 못한 뜻밖의 행동을 한다.

연인과 갈등 상황에서 나의 모습은?

- 문제가 발생하면 화를 잘 낸다.
- 갈등 상황을 재미있는 일로 무마하려 한다.
- 예민해지고 위장장애를 일으킨다.
- 감정표현을 못하고 참으면서 포용하려고 애쓴다.
- 말없이 혼자 해결하려고 한다.
- 혼자만의 깊은 생각에 빠져서 옳은 방향을 찾으려고 한다.
- 현실과 이상 사이의 균형을 찾기 위한 노력을 한다.
- 나의 온 힘을 다해서 문제를 해결하려 한다.

레드

뜨거운 사랑

시원시원한 외모에 큰 목소리, 빠르게 걷고 즉각적으로 행동하는 편이다. 하고자 하면 반드시 꼭 해내고야 만다. 운동신경이 뛰어나 육체적인 여가활동을 즐기고 추진력을 가지고 있어 많은 사람들과 교류하며 이끌고 나간다.
사랑을 할 때에도 열정적이라 과감한 스킨십을 하거나 늘 함께 있으면서 사랑을 확인한다. 그날 기분에 따른 즉흥적인 데이트를 선호하고 과감한 데이트 비용에도 개의치 않는다. 성격이 급하여 인내하기보다는 감정을 거침없이 표현하지만 뒤끝이 없다.

오렌지

즐거운 사랑

늘 밝은 미소를 짓고 있으며 화려한 옷이나 액세서리를 즐긴다. 자유롭고 즐거운 분위기를 선호하며 자극이 있는 행동들을 즐긴다. 사교적이고 활동적인 성향을 가지고 있어 주위에 사람이 많고 따뜻한 인간미를 가지고 있다.
연인과의 관계에서 먼저 고백을 하거나 적극적으로 마음을 표현한다. 데이트를 위해 연인이 좋아할 데이트 코스를 준비하고 비용도 아낌없이 쓴다. 연인에게 신나고 즐겁게 자신의 감정을 표현하고 스킨십을 한다. 화가 나도 상대의 상황을 이해하기위해 애쓴다.

옐로

유쾌한 사랑

아이 같은 천진난만한 미소에 반짝이는 눈빛을 지니고 있다. 호기심이 많아 다양한 사람들을 만나고 새롭게 배우는 것을 좋아한다. 재미있고 유쾌한 분위기의 관계를 선호한다.

자신에게 초점이 맞춰져 있어, 데이트할 때에도 자기가 가고 싶었던 곳을 선택해 주길 바란다. 사랑을 표현할 때에는 장난스러운 스킨십이나 재치 있는 말투로 표현한다.

생각이 많아지면 예민해져서 연인에게 날카로운 표정과 말투로 돌변하기도 한다.

그린

휴식 같은 사랑

편안한 인상을 가지고 있으며 늘 상대를 배려한다. 주변 사람들과 편안한 관계를 유지하고 어느 자리에서도 조화로운 분위기를 만들어낸다.

연인과의 관계에서 기댈 수 있는 사람을 좋아하며 따뜻한 스킨십과 말투로 마음을 표현한다. 연인이 원하는 것을 잘 맞춰주며, 소박한 산책이나 편히 쉴 수 있는 곳의 데이트를 선호한다. 서로에게 부담되지 않는 데이트 코스와 비용을 지불한다.

다른 사람을 배려해서 자신의 감정을 지나치게 참다 보면 마음이 답답해질 수 있다.

블루

말없이 챙겨주는 사랑

흐트러짐 없는 깔끔한 모습을 가지고 있으며 차분하게 행동한다. 신중한 성격으로 늘 매너 있는 행동을 한다. 첫인상은 차가워 보이기도 하지만, 신뢰가 형성되었다고 느껴지면 관계를 깊이 유지한다.

연인과 적당한 거리가 유지되는 관계를 선호하며 적극적으로 드러내는 애정표현 대신 조용하고 세심하게 챙겨준다. 데이트는 미리 계획하고 상의한 후 움직이는 것을 선호한다.

책임감이 강해 문제가 생겼을 때 혼자 해결하려고 애쓰는 성향이라 연인이 자칫 외롭다고 느낄 수 있다.

로열블루

절대적 신뢰의 사랑

강직한 모습으로 늘 단정하다. 말수가 적고 생각이 깊고 진중하며 높은 위치에 대한 열망을 가지고 있다. 많은 사람과 교류하는 것을 피곤해하며 같은 가치관을 가진 몇 명의 사람들과 관계를 유지한다.

연인을 향한 감정 표현에도 늘 신중하며 무뚝뚝한 편이다. 데이트할 때도 모험은 하지 않고 경험해 본 곳이나 미리 다 알아본 곳을 선택한다. 연인의 사적인 활동을 존중하고 스스로 혼자 있는 시간을 즐기는 편이다. 때로는 너무 진실만을 말해서 연인에게 상처를 주기도 한다.

바이올렛

영혼이 통하는 사랑

자신만의 독특한 아우라를 가지고 있으며 우아함을 잃지 않는다. 예술적인 분야의 취미나 직업을 가지고 있는 사람이 많다. 냉정한 듯하지만 따뜻한 면도 가지고 있는 묘한 매력을 지니고 있다. 연인에게 얽매이는 것을 꺼리며 긴밀한 관계 유지보다는 각자 삶을 살아간다. 때로는 엄격해 보일 만큼 진지하게 자신의 감정을 표현하지만 내면에는 풍부한 감성을 지니고 있다. 데이트도 이상적인 모습을 꿈꿔 현실에서 갈등이 생기기도 한다. 자신의 방식에 대한 기준이 분명하여 연인으로부터 쉽게 이해받지 못하고 어려워할 수 있다.

마젠타

치유의 사랑

풍족함과 여유 있는 삶을 즐기며 다양한 영역에서 활동한다. 많은 사람들을 챙기고 도와주는 따뜻한 마음의 소유자이다. 누구나 함께 어울릴 수 있는 능력을 가지고 있어 다양한 사람들과 어울린다. 연인의 모든 것을 아우르고 보살펴주는 큰 에너지를 가졌다. 원하는 것을 다 해주려 애쓰며 따뜻하고 부드러운 표현으로 연인을 감싸 안아준다. 하지만 데이트 중 때때로 돌발행동을 하여 연인을 당황시키기도 하고, 거절을 하지 못하는 성격상 모두를 보살피려 하다보니 쉽게 지치기도 한다.

부록#3

컬러테라피스트

어떤 사람들이 컬러테라피스트가 되는가?

컬러테라피스트는 누구나 될 수 있다. 수강생 중 한 명은 처음 상담을 왔을 때 이렇게 질문했다.

"저는 컬러를 배운 적이 한 번도 없습니다. 옷도 블랙, 화이트만 입어요. 평소에 컬러에 대해 생각해 본 적도 없고 전공자도 아닌데 컬러테라피스트가 될 수 있을까요?"

컬러에 대한 지식이 전혀 없거나, 관심이 없었던 사람도 컬러테라피스트가 될 수 있다. 컬러는 우리 삶에 자연스럽게 연결되어 있고 우리는 컬러에 대한 감정을 느끼며 살고 있기 때문이다. 이미 경험한 컬러의 치유 효과와 상담하는 방법을 체계적으로 배우기만 하면 된다.

컬러테라피스트가 된 후 어떤 일을 할까?

1:1 개인상담 또는 커플, 가족 등 다양한 심리 상담이 컬러테라피스트의 주 업무이다. 또한 교육 프로그램 운영과 기업 강의, 공공기관 출강도 가능하며, 상담이나 교육 이외에도 다양한 일을 할 수 있다. 컬러테라피는 다양한 분야에서 협업할 수 있고, 기존에 하고 있는 일에 접목하여 차별성을 부각시키기도 한다.

예를 들어 나에게 어울리는 컬러를 진단받는 퍼스널 컬러 테스트에 컬러테라피를 접목하면, 외면의 이미지뿐만 아니라 내면의 문제들도 케어하며 진단할 수 있다. 인테리어 디자인을 할 때도 고객의 성향을 컬러로 진단하여 개별 맞춤 컬러들을 공간에 접목시키면서 만족도를 높일 수 있다.
수강생 중 약국 상담을 위해 컬러테라피를 배운 약사의 사례도 있다. 빠르고 삭막하게 스쳐가는 약국에서 편안한 건강 상담을 위해 컬러를 활용하였다. 처음부터 자신의 불편한 점을 말하기 힘들어하는 고객들에게 컬러 상담으로 마음의 문을 열고 위로하는 효과를 내고 있다.

어떻게 컬러테라피스트가 될 수 있을까?

(사)한국컬러테라피협회에서는 전문적인 컬러테라피스트 전문가 양성을 위한 체계적인 교육 프로그램을 운영하고 있다. 민간자격과정으로는 컬러심리상담사 3급, 2급, 1급 교육강사 과정이 운영되고 있으며, 국제과정으로는 영국 컬러미러 LEVEL 1, 2 과정이 운영되고 있다. 협회의 전 과정을 이수한 우수 수강생에게는 출강 연계와 프로젝트에 함께 할 기회가 주어진다.

당신의
사랑은
무슨
색인가요?

초판 인쇄 2024년 8월 9일
초판 발행 2024년 8월 26일

지은이 김규리 서보영
책임편집 이도이
편집 김승욱 심재헌
디자인 최정윤
마케팅 김도윤 김예은
브랜딩 함유지 함근아 고보미 박민재 김희숙 박다솔 조다현 정승민 배진성
제작 강신은 김동욱 이순호

발행인 김승욱
펴낸곳 이콘출판(주)
출판등록 2003년 3월 12일 제406-2003-059호
주소 10881 경기도 파주시 회동길 455-3
전자우편 book@econbook.com
전화 031-8071-8677(편집부) 031-8071-8681(마케팅부)
팩스 031-8071-8672

ISBN 979-11-89318-59-8-03180